Tullio Forgiarini

Amok

Eng Lëtzebuerger Liebeschronik

Editions Guy Binsfeld

Fir den Tom, vläicht hätt et him gefall ...

„Um Ufank war d'Angscht", sot ech.
Jakob Bronsky

Eent

– An den Aasch geféckt ze ginn. An den Duschen. Wat soss?

Dat hues du net gesot. Du hues et geduecht. Well ech et geduecht hunn. An ech hätt et och gesot. Mee du net. Net wëll s du dech net getraut häss, esou eppes ze soen. Schliisslech hues de dem Här Kerger schonns *Houere Wichsert!* nogebirelt an der Madame de Matos gesot, si soll hir Mam fécken. Neen, du häss problemlos der Madame Steines kënne soen *An den Aasch geféckt ze ginn. An den Duschen. Wat soss?* Virun allem, well d'Madame Steines Educatrice ass. An si sech ni opreegt. Bal ni. Iwwert eng Stonn ass elo schonns amgaang, op dech anzerieden. *Kuck mech, wann ech mat der schwätzen!*, seet si. Du méchs dat dann och. Just kuerz. Well du kucks da souwisou nëmmen hir Brëscht, déi sech um Kantinsdësch breet maachen. *Megafett megagäil Titten*, wéi s de ëmmer sees. A wéi ëmmer gëss de rout am Gesiicht. A wéi ëmmer kriss de e Steiwen. D'Madame Steines mierkt dat net. Et ass hir och vläicht einfach egal. Si probéiert, dir Dräibuer ze verklickeren. Et wär guer net esou schlëmm do, seet si. Guer net esou, wéi ëmmer verzielt géif. An du wäers besser do wéi doheem. Vill besser. Well s du do e feste Kader häss.

Regelen, déi dir doheem esou géife feelen. A Leit, déi der géifen hëllefen, erëm op déi riicht Schinn ze kommen. An et wär jo net fir ëmmer. Mee just fir e puer Méint. Wann alles géif klappen. Wann s du dech géifs e bësse rappen. Du solls dech net esou stellen. Firwat wéilts du dann net? Ob s du géifs fäerten? A wat s du géifs fäerten? *An den Aasch geféckt ze ginn. An den Duschen. Wat soss?* Natierlech fäerts de dat. Awer du géifs et fir d'Vrecken net soen. Net der Madame Steines. An och soss kengem vun all deenen Aaschlächer. Mee dat fäerts de. Well et ass dat, wat d'Kollegen zielen. Well du hues Kollegen, déi schonns do waren. Zu Dräibuer. Eng ganz Parti schonns. Kee vun hinnen ass an den Aasch geféckt ginn. Weder an den Duschen nach soss entzwousch. Dat behaapte si op alle Fall. Mee nëmmen, well si Kollegen do haten. Soen si. Just an d'Schnëss kruten si der. Mee dat wier normal. All déi Nei kriten der an d'Schnëss. Dat wier eben esou. Mee e puer an d'Schnëss ..., dat fäerts du och net. Och net d'Zell, wou s de agespaart gëss, wann s de dech net packs. Eng Matrass um Buedem. Waasser a Brout. Wéi an de Filmer ..., wéi zu Köln ... Mee an den A...

Näischt!, äntwers de der Madame Steines an da kucks de nees séier den Dësch. De knaschtege Kantinsdësch. D'Grimmelen, déi drop leien. Du stells der vir, et wäre Leit. Richteg lieweg Leit. Wann s du e bësse méi staark ausotems, da beweegen se sech. Jeenodeems, wéi s du de Kapp häls, dreiws de se zesummen oder auserneen ...

D'Madame Steines ass fort. *Mir gesinn eis dono*, sot si, dunn ass se gaang. Eng fëmmen, bestëmmt. Et ass zwar verbueden, mee si fënnt ëmmer eng Plaz. Wéi all déi aner Proffen och. D'Madame Steines huet 28 Joer. Du weess et. Du weess et, well du hues si selwer gefrot. D'Madame Steines richt no Zigretten an no Knätsch. Hir blond Hoer richen no Äppel. Dat richs de, wann si sech niewent dech setzt, fir der bei den Hausaufgaben ze hëllefen. Meeschtens ass si ganz fei mat dir. Och wann s du dech opféiers wéi de leschten Topert. Och wann s du hir dauernd an den Dekolleté kucks ...

Ausser dir ass bal kee méi an der Kantin. Déi aner sinn all um Bus. Déi hu jo och kee Conseil. Lauter eidel Dëscher. Voller Tuten a Schokysflecken. An d'Fraen, déi den Dreck ewechmaachen. Lauter Portugisen. Et war der emol net opgefall. Bis deng Mamm der et sot. Si hat och hei geschafft. Net laang. Bis si Sträit krut. D'Sandra kritt ëmmer Sträit op der Schaff. Gutt, datt hatt net méi do ass, hä? Elo brauchs du dech net méi ze verstellen. An hatt och net. Maachen, wéi wann s du hatt net géifs kennen. Hatt wollt dat esou. Du och.

Mee elo hoffs de trotzdeem, datt hatt kënnt. Fir de Conseil ... An du hoffs, hatt kënnt eleng ... Net mam Steve ... Dee mécht nees soss voll op Liewenspartnerersatzpapp. Just, well hien deng Mamm zanter e puer Woche biischt ... Total peinlech. De klenge Wichsert ass just zéng Joer méi al wéi s du ... An du? Du weess, wéi et geet. Et ass jo net däin éischte Conseil. Deen ... Weess du iwwerhaapt, dee wéivillten? Zwee zu Péiteng ..., dann zu Gréiwemaacher just een, awer nëmmen, well s du gaang bass, ier se een zweete gemaach hunn ... An elo deen hei ... An ... Wat? ... Net emol zwee Schouljoeren.

Maach wéi ëmmer, du weess jo, wat se gär hätten. Am Conseil ass keng Plaz fir Éierlechkeet. Am Conseil gëllt just eppes: Zéi de Schwanz bäi, de Kapp an a léi esou vill an esou gutt s de kanns. Du däerfs och kräischen. Virun allem, wann se vun Dräibuer schwätzen. Si kënne souwisou bal näischt maachen. Du hues eréischt fofzeng Joer. Si mussen dech souwisou erëmhuelen.

Däin iPhone vibréiert. Deng Mamm. Si ass a Verspéidung. Mee si kënnt. Seet si. A schéckt der en *:–P*. En *:–P* fir mat an de Conseil! Deng Mamm ass eng domm Kou. Kourommeldomm! Si kann net dofir. Wierklech net. Mee du och net. Du bass just en Accident. Dat huet si dir selwer gesot. An net nëmmen eng Kéier. Si zielt et och, wann aner Leit dobäi sinn. An da laacht se. Wéinst esou enger Toz brauchs du dech wierklech net ze schummen. Mee du schumms dech trotzdeem ...

Du sichs d'Filmer, déi de Rui der iwwer Bluetooth geschéckt huet. Iwwer dausend Pornoen huet de Rui. Heiansdo schenkt hien der een. Meeschtens muss de awer bezuelen. Wéi all déi aner och. Gutt verstoppe muss een se, net datt d'Jofferen se direkt fannen, wann se der den Handy ofhuelen ...

Du stéchs der d'Kopfhörer an a gees der een op d'Toilett wichsen.

Zwee

Du sëtz léiwer hannen. Am Auto. Da muss du net dauernd deng Mamm kucken. A si muss net dauernd mengen, datt si mat dir schwätze muss. Et ass dir egal, ob si mat dir schwätzt oder net. Du hues et esouguer mëttlerweil léiwer, wann si de Bak hält. Ech mengen, dir hutt iech näischt méi ze soen. Näischt Wichteges op alle Fall. An hannen am Auto, do kënne mer dann dauernd Johnny Chicago spillen. Du sees *John Guddebuer*? An ech äntwere ganz rosen *Chicago! Mäin Numm ass Johnny Chicago, du Aasch!* Ëmmer an ëmmer erëm. Dat gefält dir eenzeg gutt. Wann een eis géif héieren, dee géif mengen, mir wären total mëll. Mee et héiert eis keen. Och d'Sandra net. Hatt huet Robbie Williams lafen. Ganz haart, wéi ëmmer. A rennt wéi eng Sau. Wéi ëmmer. A souwisou pinscht hatt. Du gesäis jo, wéi hatt sech dauernd d'Tréinen an d'Schnuddelen aus dem Gesiicht reift. Maach der keng Gedanken, hatt pinscht net wéinst denger. Wéinst denger reecht hatt sech seelen op. Ganz seelen. Just ganz heiansdo. Ganz heiansdo gëtt et alt emol sentimental. Meeschtens dann, wann et eng am Gesiicht huet. Neen, hatt pinscht wéinst dem Steve. Wéinst deem aarmséilegen houere Wichsert ... Néng, zéng Wochen. Dat ass esou d'Moyenne. Dann hunn se all d'Sandra esou richteg duerchgeféckt ... Wat? Wat stéiert dech? Datt ech deng Mamm mam Virnumm nennen? Du nenns se dach och esou! Ni sees du *Mamm*. Oder *Mamma*. Du sees dach och nëmme *Sandra*! Oder *blöd Sau*, oder ... Oder wëlls de net héieren, wat all déi Type mat hir gemaach hunn? Du? Grad du? Mat all deene Pornoen, déi s du der eranzitts? Et ass, fir sech vreckt ze laachen, mee dajee alt ... Mee fir op d'Sandra zréckzekommen: Spéitstens no zéng Woche fänkt hatt un, all sengen Type fuerchtbar op de Sak ze goen ... Zickeg, hysteresch, jalous ... Zéng Woche sinn am Fong vill, wann ee bedenkt, wat d'Sandra fir eng domm Kou ass ... An de Steve, dee war nach eenegermoossen ok. Hien huet net vill gesot. Hien huet zwar dacks probéiert, dir ze soen, wat s de maache solls ... Mee hien ass esouguer eng Kéier mat eis Kaart fuere gaang ... E war op alle Fall besser wéi deen, deen eis mat abrieche geholl hat. Wéi huet dee schonns geheescht? Nico, në? Erënners de dech? Mir stoungen ëmmer um Stroosseneck. D'Hand um Handy. Wann ee komm wier ... Et ass ni ee komm. Wéi dacks war dat? Dräi, véier Mol? Dono sinn se ëmmer an de Casino gaang. D'Sandra an hien. Op Nenneg. Eng Kéier hunn se eis matgeholl. Mee mir hu missen am Auto waarden. Sou bis dräi Auer, hä?

Elo sees de näischt méi. Kucks einfach zur Fënster eraus. Kucks all déi verreente Koudierfer, duerch déi mer fueren. Héiers deng Mamm, wéi se d'Nues erop zitt. Du wéils, si wär dout. Oder wéinstens net méi do ...

Déi houer Molitors soutz ganz riets. An der Mëtt den Här Schanck, däi Regent. Am Fong fënns du hie ganz fein, den Här Schanck. A ronderëm all déi aner. D'Joffer Corinne, den

Här Bartholmé, deen dir *schwul Sau* nennt, an d'Madame Steines ... Pardon, d'Nathalie soutz ganz lénks. An an der zweeter Rei all déi aner. Du kenns se emol net all mam Numm. Mee sou dacks hues de se dëst Joer och nach net gesinn ... Dir hutt eng Véirelstonn op d'Sandra gewaart. Endlech hues du et kommen héieren. Seng héich Tallekeschong hunn e Megakaméidi am Gang gemaach. Du hues dech alt nees geschummt. Och wéi et erakomm ass. Déi Minijüpp, all déi Farw am Gesiicht ... Am schlëmmsten ass seng lächerlech héich Stëmm ... Du hues d'Dëschplack virun dir gekuckt ...

Du solls hie kucken! An net den Dësch!, sot den Här Schanck. Du hues dat da gemaach. Awer net laang. Den Här Schanck huet souwisou déi meeschten Zäit mat denger Mamm geschwat. Si hat erëm hiert dommt Ech-blosen-der-ee-wanns-de-fei-mat-mir-bass-Laachen opgesat. Si kann dat esou gutt, deng Mamm ...

Ob si wéisst, firwat si geruff gi wär?, huet de Schanck gefrot. Deng Mamm huet Jo mam Kapp gewénkt. Dat wär awer schlëmm, nediert? Huet déi houer Molitors gesot. D'Sandra huet brav Jo mam Kapp gewénkt. A wat s du dann dozou ze soen häss? Wollten se all wëssen. Du hues gemaach, wéi s du ëmmer méchs, wann s du net méi eens gëss. Du hues guer näischt gesot. Just d'Pult virun dir gekuckt. Du solls d'Leit an d'Gesiicht kucken, wann si mat dir schwätzen, huet déi houer Molitors gesot. Du hues dat da gemaach. E puer Sekonnen. Wann s de näischt ze soen häss, da solls de wéinstens nach eng Kéier erzielen, wat deen Dënschdegmëtte virgefall war. *Aus denger Perspektiv*, sot d'Joffer Corinne. *Dat heescht, esou, wéi s du dat erlieft hues*, huet d'Nathalie direkt drop gesot. Wéi wanns du net wéisst, wat Perspektiv heescht. Dunn hues du et eben nach eng Kéier gezielt. Sou, wéi ech dir et schonns esou dacks gezielt hunn. Net esou, wéi et war ... Esou, wéi et huet misse sinn ...

Den Daniel. Deen dat gréissten Aaschlach am ganze Modulär ass. Deen sech net gëtt. Zanter Wochen. Ëmmer erëm datselwecht. Du häss kee Papp. Oder eng ganz Rëtsch. Deng Mamm. Eng Houer. Just de Bus wär nach net driwwergefuer ... Sou hues d'et natierlech net erzielt. Och wann den Daniel genee dat gesot huet. Och wann s de weess, datt den Daniel recht huet. Grad well s de weess, datt den Daniel recht huet ... Den Daniel! Esou eppes vun engem Gehirkrëppel ... Am Conseil hues de just gesot, datt hien net opgehalen huet, de Geck mat denger Mamm ze maachen. A waars frou, datt kee gesot huet, *De Geck? Wéi, de Geck?* De Geck eben ... A wéi hien sech net ginn huet, hues du en eng Kéier mam Kolli geholl. Op der Bréck. Du hues hien esou laang um Schal gezunn, bis en seng domm Schnëss gehalen huet. D'Sau wollt sech net ginn. Du hues guer net matkritt, datt hie bal hannertsech vun der Bréck gefall wär. Du häss en ni falegelooss, sees du ... D'Sau war ganz blo am Gesiicht an hat sech vun Angscht bal an d'Box geschass. Mee mengs de, d'Sau hätt sech ginn? Deen nächsten Dag huet hien einfach weidergemaach! Sou blöd ..., dat ass jo net méi normal, oder? Dunn ass et der duergaang. Dunn has du déi Iddi. Déi Megaiddi ... Dat heescht, am Fong war et meng Iddi. Wéi all d'Iddien, déi s de hues. Mee dat hätt keen der gegleeft. Dofir soos de alt, et wär deng ... Du hues de Rui iwwerriet, dem Daniel Rendez-vous um Fussballsterrain ze ginn. Hannert dem Vestiaire. Du hues gezielt, wéi s du deen Dag virdrun de Baseballschléier am Kulang verstoppt hues. Wéi s du reng zoufälleg opgekräizt bass, wéi si grad amgaang waren, Pornosvideoen um iPhone ze kucken. Wéi den Daniel gläich ugefaang huet. Hie géif grad deng Mamm kucken. Ob s du och wéils gesinn, wéi si géif Schwänz lutschen. Du hues näischt gesot. Du hues dech um Kulang eropgezunn an hues de Schléier gegraff. D'Sau huet natierlech net direkt gecheckt. D'Sau ass esou eppes vun domm ... Hien huet einfach weidergelaacht. Du hues einfach drageschloen. Neen, net einfach. Du hues opgepasst, en net um Kapp ze geroden. Just d'Äerm. D'Been an de Réck. Du hues och säin iPhone ewechgeholl. Du has jo keng Loscht, deen och nach bezuelen ze missen. An ze fest hues de och net gehaen. Et huet ni gekraacht oder esou. Zwanzeg Mol hues de drageschloen. Genee zwanzeg Mol. Du hues matgezielt. Haart. Du hues zum Daniel gesot, hie soll matzielen. Bei zwanzeg hues du séier de Schléier ewechgepucht. Du hues him nach eng mam Fouss gerannt. An de Bauch. Net ze fest. Et hätt sollen an d'Jicke goen, mee du hues net getraff. Dat hues de och net gesot. Dat mat de Jicken. Esou Wierder kommen net gutt un. Amplaz hues de gesot, datt et der géif leed doen. Dat stëmmt zwar definitiv net, mee dat héieren se ëmmer gär. An datt s de net op Dräibuer wéils.

Genee dunn huet deng Mamm ugefaang mat Kräischen. Wéi wann s'op hiren Asaz gewaart hätt. Du hues den Dësch gekuckt a si kräische gelooss. Du hues dech emol net gewiert, wéi si däin Aarm geholl huet. Normalerweis haasst de dat, mee et wär net gutt ukomm, wann s de si ewechgestouss häss.

Si hunn iech erausgeschéckt. D'Sandra huet weidergekrasch. Du hues näischt gesot. Du hues dech weider fir hatt geschummt. Vläicht hatt och fir dech. No enger halwer Stonn duerft dir erëm eran.

Du hues direkt gesinn, datt et net op Dräibuer géif goen. Si hunn all sou streng dragekuckt. Wat se méi streng kucken, wat d'Strof méi soft ausfält.

Fir d'éischt huet déi houer Molitors eng Moralpriedegt gehalen. Iwwer Respekt, Gewalt a Géigegewalt a lauter esou ee Schäiss ... Du sot se, du géifs eng lescht Chance kréien. Eng allerlescht Chance. Du solls dech fir d'*Auszäit* mellen. Eng extra Klass, wou s du mol sechs Woche wäers. Do géif spezial ausgebilt Léierpersonal schaffen. Déi kéinten der hëllefen ..., däi Wee ze fannen. Oder esou ähnlech. Mee du misst averstan sinn. An d'Sandra och. D'Sandra war méi wéi averstan. Hatt huet gekrasch, gelaacht, d'Nues eropgezunn ...

Hatt huet direkt ënnerschriwwen. An du Vull natierlech och! Wat häss de soss maache sollen? Ëmmer besser wéi Dräibuer. A sechs Wochen, soos du dir ..., sechs Woche ginn och eriwwer ...

D'Sandra parkt am Haff. Schäissbulli. Du kanns maachen, wat s de wëlls, du hues es ëmmer un denge wäisse Vans. An och un der Box. Zu Péiteng hues d'an engem Appartement gewunnt, mee hei hätt dir e richtegt Haus. Sot d'Sandra. Eng ëmgebaute Scheier ass et! Vläicht war et esouguer e Stall. Et pecht direkt um Bauerenhaff, dofir ass ëmmer alles voller Bulli. E Kouduerf eben. E puer Baueren, vill Aler an e puer Asien, wéi d'Sandra an du.

Et ass zwar wierklech méi grouss wéi zu Péiteng. Vill méi grouss an et sténkt och vill méi no kalem Frittefett!

D'Sandra huet sech berouegt. Am Gang fiert hatt dir eng Kéier iwwert de Kapp. A laacht eng Kéier blöd. Du verdréis seng blöd Laach net méi. Hatt laacht ëmmer d'selwecht. Wat heescht dat? Deet mer leed? Domm gaang? Et ass net schlëmm? Du bass blöd? Déi aner kënnen eis mol all? ... Oder wat? Du géifs et jo froen, mee du kenns d'Äntwert schonn. Als Äntwert kriss de just ee blöd Laachen ...

Hatt ass souwisou schonns erëm op Facebook. Hatt schéckt Häerzercher un hallef Lëtzebuerg. Äntwert op all Schäiss ... Hatt probéiert eben, en Typ ze fannen ...

Du méchs der eng Pizzabaguette an der Mikrowell. Frees esouguer d'Sandra, ob hatt eng wëllt. Hatt seet just *Mmh*! Dat ass wéi seng Laach. Dat kann och alles heeschen ... Du méchs him eng mat. Stells se niewent de Computer. Hatt mécht nach eng Kéier *Mmh*!

Du hëls deng mat erop an däin Zëmmer. An e Pak Chips. An zwou Cola.

Déi ruppeg Tapéit hues de mat Poustere verstoppt. Esou gutt et ebe goung. Hei an do kuckt nach e Mound, de laacht, e Schof oder esou een Dreck eraus. E Kannerzëmmer war dat virdrun. D'Sandra kann net tapezéieren. An du och net. Natierlech net. Dofir déi bëlleg Pousteren. Gangsta a gäil Schécksen. E Regal mat e puer Schoulbicher. An denger Shisha. Ganz cool, voll an der Mëtt. Fir d'Kollegen. Wann der mol kommen .... D'Sandra ass averstan. Well du géifs jo just Tubak fëmmen. Dat häss de versprach ... D'Sandra ass wierklech domm wéi Bulli ... Du méchs de Fernseh un a lees dech op d'Bett.

Iergendwou beim Nordpol zéie Männer riseg Käfeger voller Kriibsen aus dem äisege Waasser. Si fëmmen, fluchen a schwätzen iwwer Suen ... Et ass ëmmer datselwecht, mee iergendwéi cool.

Dräi

Eng ganz Woch hues de gebraucht fir erauszefannen, wat et wir, d'*Auszäit*. Ech wousst et vum éischten Dag un. Ech hunn der et och gesot, mee du wollts et net héieren. Du hues dech voll kréie gelooss. Vun deene Proffen. Si waren esou anescht wéi déi, déi s de gewinnt waars. Déi hu vun der *Auszäit* geschwat, wéi wann si wierklech dru géife gleewen. Wéi wann s du anescht kéints. Wéi wann si dech kéinten anescht maachen. Eng nei Chance, en neie Start, all deen ale Schäiss vergiess ... Et war dir richteg onheemlech.

An du? Du hues dir och Méi ginn. Déi éischt Woch. An och nach e bëssen déi zweet.

Du has meeschtens deng Saachen dobäi. An an der Mathé hues de tatsächlech eppes verstanen. Déi Saach mat de Bréch. Bei Plus, do muss een de gemeinsame Nenner sichen. A bei Minus och. Bei Mol do ... Du waars esou een Topert! Eng ganz Woch ..., an nach e bësse méi, fir erauszefannen, datt d'*Auszäit* just een neie Prisong ass. E Prisong, wou Schoul gespillt gëtt. E Prisong, wou d'Giichtercher schäissfrëndlech sinn. An et och bleiwen, wann een si *Al Houer!* vernennt. Den Addis sot dat. Du net. Der Madame Schäfer. Well si hie wollt Theater spillen doen. Hien wollt net. Hien huet zwar dauernd d'Schnëss opstoen, mee hei, virun der Klass eppes soen, dat wollt hien net. Hien hätt kee Bock, sot hien. Hie géif sech net trauen, sot si. Du huet hien *Al Houer!* gebirelt. An eng Bänk ëmgeschmass. An ass erausgelaf. D'Madam Schäfer ass net geflippt. Si ass hie siche gaang. Den Addis huet missen d'Bänk oprafen. Hie krut eng Strof. De Rescht vun der Stonn soutz hie roueg do. En huet gemotzt. An sech mam Zierkel Saachen an den Aarm geritzt. Richteg geblutt huet hien. En huet gewaart, datt d'Madame Schäfer eppes géif soen. Si huet en net bekuckt. Um Enn vun der Stonn ass en sech dann entschëllege gaang. Et wär wéinst de Pëllen, sot hien. Moies géif en seng Pëllen huelen, an da wär hien ok. Mëttes géif dat noloossen, an da kéint hien sech net méi konzentréieren ... D'Madame Schäfer huet nogelauschtert. Si huet him déi Story gegleeft. Oder esou gemaach, wéi wann. Dobäi ass dat décke Schäiss! Honnert Pro! Gleef mer, den Addis ass einfach en décke Vull. An dogéint hëllefe Pëllen näischt ...

An dann ass do jo och nach ... d'Shirley! An? Hues de schonns eng Gäns? Ech kréien eng, wann ech just säi Numm soen. Shir-ley! Hatt ass voll déi gäil Sau! An hatt sëtzt och nach just niewent dir. An och niewent dem Addis. D'Shirley sëtzt tëschent iech. An der Mëtt. Mir si just zu véier op der Klass ... Just Eenzelbänken. An déi sinn duerch esou e Panneau getrennt. Esou eng Pinnwand, wou är Zeechnungen drophänken. An äre Wocheplang. An är Förderzieler. An d'Punkten, déi dir d'Woch duerch kritt. All dee Schäiss, deen et net no Prisong ausgesinn deet ...

Mee d'Panneauë ginn net bis op de Buedem, haha! An dir fale verdammt vill Saache vun der Bänk. Tintekiller, Gummien, Geodräiecker ... Verréckt, wat s du ongeschéckt bass, në? An all Kéiers, wann s du dech bécks, fir se opzerafen, kriss de eppes gebueden. Dem Shirley seng Been. Seng saugäil Been. Ëmmer an der Minijüpp oder an esou enke Plastiksboxen. Dat muss dach fuerchtbar wéidoen, ee Steiwen, de ganzen Dag laang ... Mee elo seriö: D'Shirley huet wierklech ni vill un, ok? An dat bëssen, dat weist hatt och nach gären. Rout Stringen, schwaarz Soutienen an esou. Dofir ass hatt jo och geflunn, zu Mamer. Wéi, du kenns d'Geschicht net? Et huet mir se dach gezielt, direkt den éischten Dag! Du hues et wuel just gekuckt a gesabbelt ... Also, seng Régente do wollt hatt net méi esou gesinn. Esou nutteg. Si sot, dat géif sech net passe fir e Kand vun 13 Joer. Du sot d'Shirley, hatt wär kee Kand. A si sollt sech ëm hir eege Saache këmmeren. Si ass rose ginn a wollt dem Shirley en T-Shirt undoen. Esou ee laangen XXL-T-Shirt. D'Shirley huet sech gewiert. D'Régente huet hatt mat den Hoer geholl, an dunn huet d'Shirley se ëmgestouss. An op se gespaut. A ass fortgelaf. An dräi Deeg net heemgaang. An och net an d'Schoul. Hatt huet bei engem Frënd geschlof. 19 Joer hätt dee Frënd. Sot d'Shirley. An et huet mat den Ae geklimpert a gekickelt. Fir datt ech och verstinn, wat hatt mat „geschlof" gemengt hätt: Gebuppt hunn se!

Dunn ass hatt hei an d'Internat komm. An hei an d'Schoul. No engem Trimester ass et schonns an der *Auszäit.* Firwat, huet et mer nach net gezielt. Firwat et eis déi aner Saache gezielt huet, weess ech och net ... Mat dir ass hatt ganz fein. Meeschtens op alle Fall. Dat ass ganz komesch ... Vläicht mengt hatt, du wäers ... anescht, just, well s du hatt net esou blöd uméchs wéi den Addis. Dobäi ass dat just, well s du dech net traus. Well du géifs hatt och gäre biischten. Genee wéi den Addis. Genee wéi all klenge Wichsert aus dësem Gebai ...

Vläicht ass et och just, well hatt dauernd deng Zigrette fëmmt. Hatt freet ni. Hatt waart just, datt s du him de Pak dohinner häls. Dann hëlt et eng. Hatt seet och ni Merci. Mee et mécht esou eng Grimass ..., sou wéi e Laachen. D'Shirley hëlt och emol eng Zigrett vun engem aneren. Virun allem vun deene groussen aus dem Atelier. Virun allem vum Antonio. Mee di meescht hëlt et komescherweis vun dir ... Mee bon, meeschtens si mer jo och eleng, wann der fëmmt. Ech hu jo do déi Superplaz fonnt. Hannert de grousser Dreckskëscht, um Parking vun der Direktioun! Datt een sech do géif trauen ..., do kënnt kee Mënsch drop! Ech sinn eben einfach gutt! An den Damp bloost der an eng al Plastiksfläsch, wéi ech iech et gesot hunn. D'Shirley huet sech nämlech schonns fënnef Mol erwësche gelooss. Am Ufank war et em schäissegal. Eng Kéier huet et dem Surveillant esouguer den Damp riicht an Gesiicht geblosen a gesot, hatt géif net fëmmen. Eng aner Kéier huet et gebirelt, hie géif hatt begrapschen, wéi hien em wollt d'Schülerkaart ofhuelen. Zanter et an der *Auszäit* ass, passt et besser op. Well et net zréck op de Kierchbierg wëllt, seet et. Um Kierchbierg, do ass d'Geckenhaus fir déi Jonk. Do war nach kee vun denge Kollegen. Dräibuer jo, mee Kierchbierg, nee. *Do ass et voll krass!*, seet d'Shirley. Do bass de richteg agespaart. Do kriss de e Mount laang kee Besuch. An du däerfs net fëmmen. A wann s de eng Déck opféiers, da gëss de mat Rimmer un d'Bett gestreckt an du kriss eng Sprëtz. Genee esou wéi an der Filmer wär et! Dräibuer, Kierchbierg ..., iwwerall ass et anscheinend wéi an de Filmer, soos du ..., a blöd gegrinst hues de dobäi. Voll de Macker, jo ...

D'Shirley ass rose gi wéi e Schwäin. Ob s du him net géifs gleewen? *Dach, dach!*, soos du. Da solls du hatt dach an d'Ae kucken! Du hues dat dann och gemaach ... a bass rout ginn, du Looser! *Du litts!*, sot hatt. *Neen!*, soos du. Et wär just ..., du géifs de Leit net gären an d'Ae kucken. Hatt huet gelaacht. An du krut hatt eng Houschtkris, well et den Zigrettendamp falsch ofgeschléckt huet. Et huet gehouscht. A gehouscht. Dunn ... Ech mengen, du wollts him wierklech just hëllefen ... Op de Réck klappen oder esou. Mee op eemol huet hatt un dir gepecht. Ganz fest! Net, datt s du dat net wollts ... Du dreems vu soss näischt zanter enger Woch. Mee et war d'Shirley. Ganz sécher! Du has op eemol seng Hoer an der Nues. A seng Titten platt widdert denger Broscht. A seng Hëft, déi huet hatt esou gedréint, esou geriwwe laanscht deng Been ... An dat huet gedauert ..., ech weess net méi, wéi laang. Dunn op eemol ass et der waarm ginn. Schrecklech waarm. Du hues gejaut. Gebirelt vu Péng. E Stéch. Riicht duerch deng Schëller. Duerch d'Häerz. Duerch d'Longen. Duerch .... Du wollts no hanne sprangen, mee d'Shirley huet dech festgehalen. Säin Houscht war fort. Gelaacht huet et. Esou eng héich Tusselaach. E bësse wéi d'Sandra.

Du hues dech lassgerapppt. Du hues hatt gekuckt mat denge grousse Kallefsaen. Dem Shirley seng Zigrett war ganz zerdrätscht. Just nach ganz e bësse Glous vir op der Spëtzt. Hatt huet nach e puer Mol dru gezunn, mee 't krut se net méi un d'Goen. D'Shirley huet gelaacht. Richteg frou. Du has Tréinen an den Aen. Vu Wéi op alle Fall. A vläicht vu soss nach eppes. Du hues näischt gesot. Du wousst net wat. Ech, ech hätt et schonns gewosst. A mat soe wär et net duergaang. Mee du? Du bass esou e Läppchen! Wat hues du gemaach? Him de Pak dohinner gehalen! D'Shirley huet de Kapp gerëselt. Ob hatt just nach e Strapp vun denger kéint kréien?, huet hatt gefroot. Du hues him deng ginn. Hatt huet ganz lang dru gezunn.

Awer just ee Strapp. D’Zigrett huet nom Shirley sengem Lëppestëft geschmaacht, wéi s du se rëmkruuts.

Véier

– Chicago! Mäin Numm ass d'Johnny Chicago! ... Haut hues de keng Loscht opzestoen, hä?

– Nee. Net wierklech ...

– Ma da bleif leien, du Aasch! Elo bass de bal dräi Wochen hannereneen an d'Schoul gaang. All Dag! A bal ni ze spéit. Da kanns de dach wuel een Dag blo maachen. Du brauchs just ze soen, et wär dir net gutt ...

– Et ass mer och net gutt!

– Gesäis de !

– Wéinst dem houeren Kerschemeyer ... En ass mer op de Sak gaang. Massiv! Normalerweis maachen ech Mathé gären. Beim Kerschemeyer wuelverstanen, well dee ka wéinstens erklären. A well en einfach cool ass. E séngt an enger Band, weess de? Op Englesch ... Mee gëschter ass e mer op de Sak gaang. Ech sollt méi propper schreiwen! An d'Iwwerschrëften ënnersträichen! An e Rand loossen! A lauter esou Schäiss ... An dunn ...

– ... hues du him gesot, hie géif dir op de Sak goen!

– Normalerweis sees du esou Saachen. Mee dës Kéier war ech et! Mengen ech emol ...

– An den houere Kerschemeyer?

– Guer näischt. Vläicht e bëssen erstaunt. En huet mer eng Strof ginn a war erëm fei mat mir. Wéi wann näischt gewiescht wir ...

– An et war och näischt, oder ...?

– Guer näischt.

– An d'Shirley?

– Wat, d'Shirley?

– Du wollts jo vläicht just de grousse Macker erauskéieren, fir bei denger Tussi unzeginn.

– Egal wat! Hatt war emol guer net do ...

– Bingo! Dat war et also ...

– Jo ... Nee ... Ech weess net ... Eng Sekretärin ass hatt siche komm. Hatt misst op de Büro. De Büro, dat heescht bei déi houer Molitors. Bestëmmt wéinst der Affär mam Tamara ...

– Tamara? Wat war dann do ...?

– Veraarsch mech roueg. Du weess genee, wat do war. Du weess alles, wat ech weess. Ech sinn et, deen net ëmmer alles weess, wat s du weess ... Dofir ..., dofir bass du jo mäi Frënd ...

– Däin eenzege Frënd! Ziel mer et awer ... Dat deet der gutt.

– OK. Also ... D'Shirley an d'Tamara haten eng Kläpp. D'lescht Woch. Et sinn SMSen zirkuléiert, wou drastoung, d'Shirley géif allen Typen ee blosen. Op der Jongentoilette. Fir 20 Euro. Dem Shirley seng Handysnummer stoung och do. Ech krut och esou eng SMS ...

– An? Hues de ugeruff?

– Haha ... Ech hunn natierlech net ugeruff. Mee eng Parti aner doudsécher. Am Ufank huet d'Shirley gelaacht. Iergendwéi muss et dat cool fonnt hunn ..., datt esou vill Type bei him uruffen. Mee dunn huet et erausfonnt, datt d'Tamara dohannert stécht. Du war et op eemol guer net méi cool. An der Mëttespaus huet et dem Tamara de Piercing aus der Nues gerappt. D'Tamara huet him d'Gesiicht bluddeg gekraazt. Du sinn se allen zwee um Büro gelant. Mee do huet wuel keen eppes gesot, well dono war d'Shirley erëm an der Klass. Rosen. Esou rosen ..., esou rosen wéi ..., wéi s du alt heiansdo gëss.

– Esou rosen, datt s de ee kéints vrecktschloen? Also richteg, hä! Net just esou fir ze soen ...

– Jo, genee esou rosen.

– Eng richteg Bitch! Op eemol gefält se mer nach, deng Frëndin ...

– Et ass net meng Frëndin!

– Leider, në? An dunn?

– Dunn ..., näischt. Bal eng Woch laang näischt. Bis gëschter eben. An der Mëttespaus ass gezielt ginn, d'Tamara wär an der Klinik. Ee vun de Portierën hätt hatt gefouert. Et hätt eng Zierkelspëtzt am Been. Déi wär iergendwéi ofgebrach. An esou déif dran, datt een se net méi erauskritt ... An dunn ass d'Sekretärin d'Shirley siche komm ..., an dunn hunn ech dem Kerschemeyer gesot, hie géif mir op de Sak goen ..., an dunn ...

– Do schellt en Handy. Däin?

– Mam Schäiss Robbie Williams? Ganz witzeg ... Et ass dem Sandra säin. Hatt huet e wuel vergiess, matzehuelen ...

– Eist handykapéiert Sandra? Ouni Ënneschtbox géif et aus dem Haus goen, awer net ouni Handy. Hatt pennt bestëmmt nach ...

– Du hues recht ...

– Den Johnny Chicago huet ëmmer recht!

– Jo, et war ...

– So: Den Johnny Chicago huet ëmmer recht!

– Den Johnny Chicago huet ëmmer recht. Zefridden? Da muss hatt gëschter spéit erakomm sinn. No dräi op alle Fall. Well et war géint dräi, wéi ech de fënneften Level vun *Call of Duty* endlech gepackt hat ...

– De Schäissrobbiewilliams huet sech endlech ginn ...

– An d'Sandra huet sech net geréiert. Hatt wäert wuel ...

– ... d'Panz voll hunn! Wéi originell ...

– ...

– Wat? Du sees näischt? Deng verhouert Mamm huet nees d'Panz voll! Héiers de? D'Panz voll! Si ass all Dag voll. All Dag!

– Awer net moies ... Moies ni! A mëttes ... Mëttes net dacks ...

– Dofir owes ëmmer. Si ass e Schäissalkoholiker ...

– Si ass keen Alkoholiker! Si säift kee Parfum oder esou ee Schäiss. Just Béier. Ee Sixpack den Dag, méi oder wéineger ...

– Éischter méi ...

– Wann se owes erausgeet ..., da jo ...

– Si ass all owes um Tour! An si weess, datt s du d'Fläschen ziels. Och wanns du hir ni eng Remarque méchs. Dofir léisst se emol déi eng oder aner Fläsch verschwannen. An du weess dat ...

– *Du* weess dat! Du weess jo ëmmer alles. An alles besser. Den Johnny Chicago huet ëmmer recht ...

– Granzeg, Stuppi?

– ... mee d'San... Meng Mamm ass keen Alkoholiker. Dacks mierkt een emol net, datt si gedronk huet ...

– Wanns de mengs ... Komm, mir fëmmen eng!

– Deng oder meng?

– Du méchs richteg Fortschrëtter ..., geschwë bass de richteg witzeg. Neien Zippo? E gëllenen och nach ...

– Nummer 32 a menger Collection! Cool, hä?

– Kaaft oder geklaut?

– Geklaut! Do sinn ech bei 15. An ni erwëscht ginn!

– Ah sou? An deemools am Auchan?

– Ok, am Auchan sinn ech beim Klauen erwëscht ginn ..., mee si hu mech net kritt. Ech si gelaf an ... an et huet kee mech erëmkritt.

– Dat war déi zweete Kéier! Déi éischte Kéier soutz de um Büro ze pinschen. An d'Sandra huet misse kommen. An Hausverbot kruuts de och! Dofir bass de dës Kéier esou séier gelaf ..., ouni Zippo iwwregens ...

– Ech hat en ewechgepucht ..., wann se mech awer géife kréien ..., mee si krute mech net! An dat ass d'Haaptsaach ...

– Hee, dat ass jo guer keen Zippo! Kee Briquet op alle Fall. Just eng gëlle Scheek ... mat engem ruckelzege Zigrettestomp dran! Wat soll dee Schäiss?

– Ma dat ass ...

– ... denger Schécks säin! Den Johnny Chicago weess alles!

– Dem Shirley säin ... jo.

– Hues du hatt gefrot, ob s du e kéints kréien?

– Häls mech wuel fir voll blöd? Ech hunn en opgeraf, wéi hatt net gekuckt huet. Et ass deen, deen hatt ..., deen hatt mir ...

– ... an d'Schëller gebrannt huet, hat schonns verstanen. Du bass wierklech total krank! Mat all deem Schäiss, deen s du zu Köln ...

– Köln? Köln huet näischt heimatter ze dinn. Guer näischt!

– Wanns de mengs, du Asi ... A wat méchs de mat dengem Stomp? Suckels de drun, während s de der ee wichs, hä?

Grad dunn huet den Telefon geschellt. Den Haustelefon dës Kéier. Du hues näischt méi gesot. Waars wuel beleidegt. Dobäi war ech ganz soft. Hunn de Geck gemaach, ok, awer guer net schlëmm. Bass verléift, du Aasch. Weess et selwer emol net. Verléift sinn ass schwul. Männer, déi buppe just alles, wat kënnt. Oder esou ähnlech, hä? Alles décke Porno ... An d'Shirley, dat ass esou eng gäil Pute! Du wäers et souwisou ni fäerdegbréngen, d'Shirley ze biischten. Mee ech kucken der gären no, wéi s de mat denger dommer Schnëss bäileefs. Sammel roueg weider seng Zigrettestëmp an seng knaschteg Nueschnappecher. Mol Blimmercher op seng Hefter a ritz der säin Numm an den Aarm. Wann d'Shirley et erausfënnt, späitzt hatt der riicht an d'Gesiicht ..., nee, vill méi einfach ..., hatt pisst sech an d'Box vu Laachen! An dat Schéinst: Du bass esou eppes vun eleng mat denge Schäissgefiller. Weem wéilts de dat dann zielen? Dem Rui? Haha! Dem Nathalie? Hatt géif dat esou eppes vu verstoen a positiv fannen an ..., grauenhaft! Dem Sandra? Hatt géif nees kräischen ..., vu Freed wuel ..., an du géifs der nees wënschen, hatt wär dout ... Wee bleift? Den Johnny natierlech. Johnny Chicago, *he's the man*! Du kanns et just mir zielen. An du brauchs et emol net. Ech weess et souwisou besser wéi s du ...

Lo kraz du der schonn nees déi Brandwonn op der Schëller op! Mat engem Lineal, well s de mat de Fangeren net drukënns. Schéi gewëssenhaft, bis de dat déckt wotelegt Blutt iwwert däi Réck lafe spiers. An da frëss de d'Kuuschten, déi um Lineal pechen. Bal dräi Wochen ... D'Shirley huet ni méi dovu geschwat. An trotzdeem hues du dech bludde gedoen. Ëmmer nees. Datt e Läinzeeche bleiwe soll. Esou grouss wéi méiglech ... Du hues et nach ni gesinn. Du wëlls et net kucken. Net ir d'Shirley et gesinn huet. Net ir d'Shirley mat de Fangerspëtzen driwwergefuer ass. Mee hatt freet ni dono. Hatt huet déi ganz Saach bestëmmt schonns laang vergiess ...

Den Haustelefon. Schonn nees. Eist Sandra huet vläicht gëschter Owend d'Léift vu sengem Liewen begéint, wat mengs de? Emol nees eng Kéier .... Iergendsou een Aasch. Bei iech ruffe just Aaschlächer un ... Heiansdo stells du der vir, et wär de Papp. Däi Papp. Net dee vu Köln. Een aneren. Dee richtegen. Stells der vir, du géifs seng Stëmm direkt erkennen. Stells der vir, et wär keen Aaschlach. D'Sandra seet zwar, hie wär eent gewiescht. An e ganz grousst. Dee vu Köln eben. Mee dat ass jo vläicht just seng Meenung, sees du him. Seng Perspektiv. Oder einfach eng Ligen. Däi Papp, däi richtege Papp, huet sech einfach net méi gemellt. A wann hien sech ni méi gemellt huet, dann hat hien och seng Grënn. Du verdréis deng Mamm jo och bal net. An d'Sandra ass definitiv eng domm Kou! Hatt ka vläicht net richteg dofir, mee dat ass jo och keng Excuse ... An du? Du hues en och vläicht schäisse gedoen. Well s du ëmmer gebläert hues, wéi s de kleng waars. Stonnelaang. Just eng äiskaal Dusch konnt dech berouegen. Esou zielt d'Sandra et op alle Fall. Mee dat war jo elo awer wierklech net deng Schold. An datt s de iwwerhaapt gebuer gi bass, och net. Si hätten ebe besser oppasse solle beim Buppen ...

En Accident! Dat bass du jo. Wéi dacks hues de dat schonns héieren: Just en Accident. En Accident, deen hiert Liewe verschass hätt. Seet deng Mamm. Zwar nëmmen, wann se rosen ass. Net onbedengt mat dir, mee am allgemengen. Wat fir en Accident, dat seet se net. Kee Gummi? Oder e futtissen? Oder schlecht gerechent? Fro si emol einfach d'nächste Kéier ... En Accident ..., dat ka scho sinn. Vläicht wär däi Papp nach bei hir, wann et dech net géif ginn. Mee da wär et och net däi Papp. Net däi Papp, well du wäers jo net do. Dann hätten se vläicht iergendsou ee Steve, esou ee Robbie oder Jason. Iergendsou esou een Aasch ...

Lo schellt de Robbie Williams schonn nees. Do hält een sech wierklech drun. Esou laang, datt hien och endlech Erfolleg huet. Eist Sandra ass endlech erwächt. Héiers de, wéi et iwwerall rëffelt? Hatt fënnt säi Schäisshandy natierlech net. Et gëtt och geflucht. Mee dat ass hatt net. Dat ass net seng Stëmm. Och net no zwee Päck Zigretten ... Et ass jo och rar, datt hatt eleng heem kënnt. A wat et méi spéit ass, wat d'Type méi elle sinn ... *Wat? Wat?*, héieren ech se soen. Ech mengen, ech hu verstanen, wien um Telefon ass. Du häss et wësse missen ... Elo steet et schonns am Zëmmer. Plakeg. Wéi esou dacks. Firwat s du net an der Schoul wiers? *An elo awer séier!*

An du solls guer net ufänke mat Diskutéieren! Elauter esou autoritäre Schäiss. Hatt huet den Handy am Grapp. Hatt huet doudsécher net agehaangen. Dofir téint hatt esou. Fir der houerer Molitors ze weisen, wéi si mat dir ëmspréngt. Konsequent an esou. *Looss dech an den Aasch fécken a looss mech a Rou!* Et läit der op der Zong. Mee du sees et net. Du sees näischt. Guer näischt. Hatt ass eben eng aarm Sau ... Eng saudomm Sau! Mee wéinstens gäil ...

An der Primärschoul waars du ganz stolz, eng flott Mamm ze hunn. Mee dat ass laang hir. Elo wéils du, si wär ellen. Richteg hässlech. Da wären net esou vill Typen do. An da wäers du och vläicht net do ...

Fënnef

Du brauchs net ze fäerten!, hues du him gesot. Hatt huet dech gekuckt, wéi wann s du se net all häss. An, ënnert eis gesot, du hues jo wierklech eng mat der Ratsch. Spéitstens säit Köln. Mee och vläicht schonns méi fréi. Mee dat weess ech net, do war ech jo net dobäi. Den Johnny Chicago weess bal alles. Vläicht waars de schonns virdru verschass. Vläicht schonns, esoubal s de op der Welt waars. Vläicht schonns nach méi fréi. Vläicht huet d'Sandra deemools schonns esou gesoff a gefëmmt ... Klammer zou. D'Shirley huet dech gekuckt, wéi wann s du dat Aaschlach wiers, dat s du bass. Hatt géif net fäerten, sot hatt. Keen. An näischt. An esouguer wann, wat géif dech dat ugoen? Du wollts eppes äntweren. Eppes mat *beschützen* oder esou. Mee du hues dat si gelooss. A weider gefëmmt.

D'Shirley ass haut richteg op Speed. Schonns wéi mer ukomm sinn. Esou géint Véirel op néng. Dir hat Franséisch. Bei der Schäfer. Du has der eng Panzrappecht erwaart, mee ... guer näischt. D'Schäfer ass normalerweis ultracool, mee si huet voll op der Felg gedréint. Si huet knapps gemierkt, datt s du erakomm bass. An den Addis, deen Aasch, soutz ganz roueg a senger Bänk. Ouni ze mucksen. D'Schäfer muss hie gehirlos zesummegeschass hunn. En huet richteg gefaart ... Mee et war net hien. Et war d'Shirley. All Kéiers, wann d'Schäfer de Réck gedréint hat, huet d'Shirley *Bitch, Bitch, Bitch* geflüstert. Esou lues, datt een et bal net héieren huet. Esou lues, datt ee kéint mengen, hatt géif mat sech selwer schwätzen. Just esou haart, datt d'Schäfer et héieren huet. All Kéiers, wann d'Schäfer et gekuckt huet, huet d'Shirley si richt an d'Gesiicht gekuckt a ganz léif gelaacht. Wéi wann hatt guer net géif verstoen, wat géif lafen. Wéi wann hatt total onschëlleg wär ... Richteg onheemlech. D'Schäfer war virum Explodéieren. Den Addis huet gefaart. An dir war et och net méi egal, well ..., et huet esou richteg ausgesinn. Also, d'Shirley huet wierklech onschëlleg ausgesinn. Esou wéi wann hatt wierklech iwwerzeegt wär, datt hatt näischt gemaach hätt. An d'Schäfer muss dat och esou gespuert hunn. Dofir war si esou ..., esou guer net méi sécher, wat géif lafen. An dann nach déi Geschicht mam Zierkel ... Si huet wuel gefaart, deng Houer wär total mëll! Si war jo och schonn um Kierchbierg an esou. Mee esou richteg geckeg schéngt d'Shirley net ze sinn. Also net esou wéi an de Filmer. Hatt sabbelt net aus dem Mond. Hatt schwätzt net mat sech selwer ..., also op alle Fall net, wann ee vun eis dobäi ass. Mee hatt mécht Saachen, déi esouguer ech net géif maachen. An du och net. Also, net datt et esou schlëmm wär. Déi Sach mam Zierkel zum Beispill. Dat ass net méi schlëmm wéi déi Saach mam Baseballschléier. Mee dono ..., dono muss een de Kapp anzéien. Dono muss een sech roueg halen, soen, datt et engem leed deet an all dee Schäiss. An d'Shirley? Hatt mécht just de Géigendeel. Hatt dréint dann nach méi op. Hatt leet sech dann nach mat der Schäfer un ... Grad d'Schäfer, déi iech ëmmer de Réck gestäipt huet ...Wëll soen, wéi blöd muss ee sinn? Kuck, datt s du et séier gebiischt kriss, an dann ... Äddi a gutt fort.

An der Paus hues de da probéiert, fein ze sinn. *Du brauchs net ze fäerten ...*, dat war elo vläicht net dat Gescheitst, wat ze soe war, mee dat war awer och keng Ursaach, fir dech esou ëmzeschäissen ... *Domm Fotz!*, häss du him solle soen. Mee du hues et alt nees net gemaach. Einfach weidergefëmmt hues de. De Réck gedréint a weider gefëmmt. Keen huet e Wuert gesot. Bis et fir d'éischt geschellt huet. Ob s du Suen dobäi häss, wollt hatt dunn op eemol wëssen. *Jo*, hues du gesot. *E bëssen. – Wéi vill?*, wollt hatt wëssen. *Esou ëm déi drësseg*, hues du gesot. Dat géif jo duergoen, huet hatt gemengt. *Firwat?*, hues du gutt domm gefrot. *Fir an de Kino ze goen*, huet hatt geäntwert. Et wär Schoul de Mëtteg, sos du. An esouguer wa keng wär, géifen se hatt am Internat net goe loossen. *Féck d'Schoul! A féck d'Internat!*, sot hatt. Hatt géif fueren. An zwar elo direkt ... A soss näischt. Hatt huet dech just gekuckt ... Déi houer Fotz! Et goufen Tonne gutt Ursaachen, fir net blo ze maachen. Net datt s du gefaart häss oder esou. Déi houer Molitors, de Kerschemeyer, d'Nathalie, d'Schäfer, d'Sandra ..., déi konnte dir net Angscht maachen. Am Aasch lecke konnten se dech! Et war just ... Si géifen dech dono esou stressen. Mat Sätz wéi *Wat hues de dir dann dobäi geduecht?* an esou. Wéi wann s du e Gehirkrëppel wäers. Wat s du jo och bass. Mee wat s du net wëlls sinn. Wat jo am Fong och verständlech ass. *Wat hues de dir dann dobäi geduecht?* Wéi wann s du dir näischt géifs dobäi denken. Natierlech hues du dir eppes dobäi geduecht. Villes esouguer. Mee dat sees du hinnen dach net ... Du hues der geduecht, datt s de keng Wiel hues ...Wat? *Et huet een ëmmer eng Wiel!* Wien zielt dann esou ee Schäiss? D'Nathalie? Da gleef du schéin dem Nathalie. Da kanns de jo och op d'Dräibuer goen ..., dat seet däin Nathalie jo och ... Du hues keng Wiel, du Topert! Dach, du hues d'Wiel, d'Shirley ze buppen oder net. Mee wann een sech soss näischt méi op der Welt wënscht wéi dat, dann huet een absolut keng Wiel. An déi kleng Pute wousst dat ganz genee ...

Dir hutt den Zuch vun eelef geholl. Den Zuch war ganz eidel. De Kontroller huet iech komesch gekuckt. Du hues drop gewaart, datt hien eppes géif soen. Vu wege Schoul an esou. Du has der schonns eng Excuse ausgeduecht. Dir hätt Rendez-vous beim Dokter. An der Stad. Mee hien huet just är Jumboskaarte kontrolléiert. Vläicht och, well d'Shirley esou fei mat him war. Hatt hat d'Féiss net um Sëtz leien, wéi hie komm ass, an hatt huet *Pardon!* a *Merci!* gesot. A gelaacht huet et him. Net iergendwéi frech oder provokant, mee richteg manéierlech. Esou, wéi wann hatt normal am Kapp wier. Ganz normal ... Mat dir war hatt och ganz normal. Hatt wollt wëssen, ob s de Filmer op dengem iPhone häss. Du sos séier *Neen*. Dem Rui seng wollts de him net weisen. Bei Kollege bretzt de dech ëmmer domadder, mee bei der klenger Houer ..., guer näischt. Hatt soll wuel net mengen, du wäers e klengen aarmséilege Wichsert ... Wéi wann hatt dat net wéisst! Voll dee Looser wäers de, sot hatt. Ob s de da wéinstens Musek drop häss? Natierlech, sos du. *Bestëmmt Bushido a Sido an esou ee Schäiss!*, huet hatt gemengt. Nee, sos du, du géifs dat och Schäiss fannen. An dat war emol eng Kéier esouguer wouer. Du lauschters léiwer Böhse Onkelz. Oder Rammstein. An och Pink. Pink! Denge Wichserkollegen sees de dat léiwer net. Pink, dat ass just fir Meedercher. A fir Schwuler. A schwul, dat wëlls du net sinn. Op kee Fall! Mee Pink fënns de trotzdeem cool. D'Shirley och. Hatt ass dann och direkt méi no bei dech geréckelt an huet sech en Hörer an d'Ouer gestach. Just een. Dunn hues du deen anere geholl ..., är Schëlleren hunn sech beréiert. Mee dat war och anescht net méiglech. Du hues riicht virun dech gekuckt. D'Shirley huet d'Aen zougemaach an de Kapp lues hin an hir beweegt. Mat der Musek. Mam Zuch. Ouni eppes ze soen. Esou eng hallef Stonn laang. Esou bis op Miersch. Dunn huet hatt och opgehal, mam Kapp ze wackelen. Hatt louch roueg hanne widdert dem Sëtz. Säi Mond stoung e bëssen op. Et ass ëmmer méi schwéier ginn op denger Schëller. Du hues gespuert, wéi d'Shirley ëmmer méi widdert dech gefall ass. Du hues pro-béiert, hatt ewechzedré-cken. Da war et fir eng Minutt gutt, mee dann ass hatt nees gefall komm ... Du hues schonns dru geduecht, fir vun der Situatioun ze profitéieren. Fir d'Shirley e bëssen ze begrap-schen an esou. Mee du hues der Saach net esou richteg getraut. Du konnts der net virstellen, datt een einfach esou aschléift. Du hues gefaart, d'Shirley géif dech testen. Kucken, wat s du géifs maachen. Du hues gefaart, hatt géif en Zierkel an senger Fauscht verstoppen, a just drop waarden, datt ..., datt s du ep-pes géifs maachen ... Zu Walfer louch säi Kapp op denger Schëller. Zu Dummeldeng ass hatt net erwächt. Och net op der Clausenerbréck, wéi den Zuch kuerz stoe bliwwen ass a wéi se iwwert de Lautsprecher gesot hunn, et soll een nach net erausklammen. An op der Gare ..., op der Gare hues du héie-ren, datt d'Shirley amgaang war ze schnaarchen. Hatt war wierklech total fort ..., a grad esou séier erëm voll do. Du has d'Musek knapps aus, du stoung hatt niewent dir. An hatt huet gelaacht. Hatt hat bestëmmt eppes Schéines gedreemt ...

D'Flicen an der Gare hunn dech e bëssen nervös gemaach. Am Internat wëssen se wuel mëttlerweil, datt d'Shirley blo mécht. An déi mellen dat ëmmer direkt bei de Flicen ...

D'Shirley wollt nach Zigrette kafen, mee du hues hatt beim Aarm geholl a bass riicht erausgaang. Du hues gefaart, hatt géif elo rose ginn. Mee hatt huet dech just e bësse verwonnert gekuckt. A gelaacht. Schonns erëm gelaacht. Et geet him wierklech besser. An der Stad ass d'Shirley en anere Mënsch. Du bräichs net ze fäerten, sot hatt. Déiselwecht Wierder an deeselwechten Toun wéis du, d'éinescht an der Paus. D'Flice géifen näischt maachen. Net virun 8 Auer den Owend ... Hatt huet net gesot, du solls säin Aarm lassloossen. Dofir hues du dat och net gemaach ..., bis virun d'Dir vum McDonald's. Do hues du hatt lassgelooss. An du hues d'Dir opgehalen. D'Shirley huet alt nees gelaacht. Hatt ass dann och virgaang.

Et waren Tonne Leit am Restaurant. Vill esou mat Kostüm a Krawatt. An d'Fraen an esou däischtere Jüppen. Si hu bal all Franséisch geschwat. Dir krut keng Plaz eleng. Dir soutz mat zwou esou Tussiën un engem Dësch. Esou Banktussiën. Si hu Franséisch matenee geschwat. Ganz séier, du hues bal näischt verstanen. Si hunn dacks haart gelaacht. Och heiansdo emol op iech eriwwergekuckt. Vläicht hunn se iwwert iech gelaacht. Normalerweis häss du hinnen eng zolidd Frechheet gesot. Esouvill Franséisch kanns esouguer du. *Sale pute, connasse* oder esou. Mee wéinst dem Shirley ... D'Shirley krut dat alles nämlech guer net mat. Hatt huet d'Banktussië guer net gesinn. An dech huet hatt och net bekuckt. Hatt war ganz op säi Plateau konzentréiert an huet dee systematesch eidelgefriess. Fir d'éischt déi grouss Fritt mat Ketchup a Mayonnaise. Dann déi 12 Chicken. Dann déi grouss Cola. Dann de Big Mac. Dann d'Fritten, déi s du iwwreggelooss has. Dann ass hatt pisse gaang. Wuertwiertlech sot hatt Ech ginn elo pissen! An du? Muss du net? Ganz haart. D'Banktussen hu gekuckt. Och wann se nëmme Franséisch kënnen, pissen hunn se wuel verstanen. Gekickelt hunn se op alle Fall. Du hues gesot, du misst net. *Wéi s de wëlls!*, huet d'Shirley gesot an ass verschwonnen ... An du bass blöd op dengem Aasch sëtze bliwwen. Hues dech gefrot, ob dat net e Wénk mat der Scheierpaart war? Ob d'Shirley net gäre gehat hätt, datt s du matkomm wäers. An net fir d'Dir zou ze halen. Mee fir datt s de hatt géifs richteg erbäihuelen ... Dach, am Fong hues de dech dat gefrot. Mee du waars der net sécher. Net sécher, ob d'Shirley dat wierklech wollt. Grad elo. Grad do. Mee dat ware jo just Excusen. Wann s de gaang wäers, dann häss de schonns gesinn. Gefaart hues de! Net getraut hues de dech! Well s de ebe just e schwule Wichsert bass, dee léiwer Pink lauschtert, wéi Mossen ze biischten ...

Du si der an den Utopolis gefuer. Do war bal kee Schwäin. Just e puer esou Mëssgebuerten aus der Europaschoul. Déi hu mëttwochs mëttes fräi. Esouguer ee mat enger Liederjackett vun Dolce&Gabbana. Enger echter, huet d'Shirley gemengt. Ob hatt se wéilt, hunn ech hatt gefrot. *Esou eng ähnlech? Nee, genee déi do! Du bass mëll! Firwat? Et ass jo just e Pissert. An seng Kollegen och. An 't ass hinne souwisou schäissegal. Déi hu esou vill Fric ...*

Schéck dech!, sot d'Shirley mir. Hatt huet mer eng op den Aasch ginn. Keng fest. Eng fir ze laachen. Hatt wéilt elo an de Kino. A net duerch den Utopolis lafen mat enger geklauter Jackett.

Ok, sos du. *Wat gi mer da kucken?* Et ass just Schäiss gelaf. Op Däitsch ware just esou Kannerfilmer wéi *Der kleine Eisbär Puh* an esou e Schäiss. An op Englesch ..., du waars nach ni e Film op Englesch kucken. Deen do!, huet d'Shirley gemengt. Deen am 6. Op Englesch natierlech. Och den Titel. Iergendeppes mat *Wild. Wo die wilden Kerle wohnen* heescht dat op Däitsch, huet d'Shirley dir erkläert. Du géifs dat wëssen, sos du. Du géifs et just Schäiss fannen. Fussball an esou ... Dat wären net *déi* Wilden Kerle, sot d'Shirley. Dat hei wär eng Verfilmung vun engem Buch ... *Bicher si Schäiss!*, sos du. Ok, dat wär scho wouer, sot d'Shirley. Meeschtens. Dat hei awer net. Dat hei, dat wäre bal just Biller. Hatt hätt dat dacks owes gekuckt, wéi hatt nach kleng war. Et wär e bëssen traureg. E bëssen onheemlech. Awer och e bësse cool. Ob s du et net gelies häss. Du géifs dech net erënneren, sos du. Dat war natierlech gelunn. Du has et net gekuckt. Net dat, an och soss keent. Du has einfach guer keent. Guer kee Buch. Ni. Dach, zu Köln vläicht. Eent mat engem Bagger. Engem giele Bagger. Du hues mer et gewisen a *Bagger* gesot. Eng vun deenen éischte Kéieren, wéi ech do war. Mee säitdem ..., d'Sandra huet der e Gameboy kaaft. An eng PSB. An den iPhone 4. Mee e blöd Buch ...

Du hues eng zimlech Schnëss geschnidden. Du has guer keng Loscht ..., mee dunn huet déi kleng Houer mat den Ae geklimpert, an du hues zwee Tickeeë kaaft. An e Faass Popcorn! An zwou Cola! Alles mat dengem Fric.

Du wollts hanne sëtze goen. Ganz an den Eck. Dat wär eng Schäissplaz, huet d'Shirley gemengt. Do géif ee jo ganz schlecht gesinn! Du stoungs do wéi en Aasch! No der Toilettegeschicht am McDonald's hues du wierklech geduecht, datt de Kino elo d'Plaz wär ..., datt de Film just ..., just e Virwand wär ... Mee guer näischt! D'Shirley wollt wierklech de Film kucken. E Schäisskannerfilm op Englesch! Et mécht ëmmer op Pute an op cool an esou ..., a wat ass et? E klenge Bébé! Awer dreckeg genuch, fir dir de Fric aus der Täsch ze zéien ... Mee gutt, du bass jo och esou en Aasch! Ouni mech kënns du definitiv zu näischt ...

Du häss him am Zuch sollen un d'Titte goen. Du häss et solle virun der Keess stoeloossen ... Mee wat méchs du? Näischt! Du hues guer näischt gemaach. Just deng Kopfhörer demonstrativ ugedoen an d'Luucht aus gekuckt. Dat huet d'Shirley guer net gestéiert. Oder hatt huet esou gemaach, wéi wann et dat guer net géif mierken. Dat huet dech nach méi rose gemaach. Hatt huet de Popcorn ragestach an d'Reklamme gekuckt. Wéi de Film ugaang ass, war d'Faass bal eidel. Säi fetten Aasch kënnt net vun näischt ...

An dunn? An dunn huet hatt dir dach net einfach d'Stëpp aus den Oueren gezunn! Mat deenen zwou Hänn! Aus deenen zwee Ouere gläichzäiteg! Esou séier, du hues et net komme gesinn. Ech sinn explodéiert! Oder besser, ech wär explodéiert. Ech hunn de Mond opgemaach, dunn huet d'Shirley seng déck naass Zong dragestach. Bis hannen an d'Strass. Du hues et net richteg matkritt. Just de Geschmaach vu sengem Piercing. Iergendwéi metallesch. Mee du war hatt och schonn nees fort. Hatt huet sech gemittlech zréckgeluecht a riicht virun sech gekuckt. Just de Film. Wéi wann et dech net géif ginn. Just meng Hand. Meng lénks Hand. Ech hat se op der Aarmlehn leien, mat der Iddi, se op seng Knéie rutschen ze loossen ... Mee ech sinn net dozou komm. D'Shirley huet se sech einfach geholl an tëschent d'Bee gestach. Einfach ..., zack ..., ënnert d'Jüpp, tëschent seng fett Schenkel. Net ganz uewen, awer bal. Gesäis de! Ganz einfach. Wann s de mech ëmmer géifs gewäerde loossen ...

Dir ass et esou waarm ginn, du bass bal geplatzt. Kee Milimeter hues du deng Hand beweegt! Ech mengen net, datt d'Shirley dech gelooss hätt. Esou fest huet et seng Been zougepresst. Festgepecht u senge schwaarze Nylonsstrëmp.

D'Shirley muss gemierkt hunn, wéi onwuel s de dech gefillt hues. Ouni eng Grimmel vum Film ze verpassen, ass hatt mat senger Hand ënnert däin Hiem gefuer. Hatt huet der den T-Shirt aus der Box gezunn an ass laanscht däi plakege Réck eropgefuer. Hatt huet se direkt fonnt. D'Knupp op dengem Schëllerblat. Net immens déck, well trotz dengem éiwege Gekraz war s'amgaang ze heelen. D'Shirley ass lues driwwer gefuer ... Mat senge Fangerneel ... Grad esou, wéi s du et gedreemt hues. Du hues e ronne Réck gemaach. D'Schëllere no hanne gestreckt, esou wäit et goung. Déi ganz Uspanung war fort. De Porno am Kapp och. Et war der esou ..., esou eidel ... Du konnts näischt maachen, du konnts näischt denken ..., dunn hues de alt de Film gekuckt. Wéi d'Shirley ...

Et war egal wat. Also komesch. Esou e klenge Spinner. D'Sau war dauernd als Hond verkleet. Ass just dorëmmer gerannt an huet gebirelt. En huet seng grouss Schwëster schäisse gedoen. A seng Mamm och. Virun allem, wann se nees en neie Frënd mat heembruecht huet. Dann ass d'Sau iwwert den Dësch gelaf. Da krut en eng ... Neen, emol net, just bal. Dunn ass e fortgelaf. A mat engem Boot fortgefuer. Egal wat .... An dunn ass en op eng Insel komm. Mat Monsteren. Awer irgendwéi fein. An awer ... An hire Chef ass et ginn. Mee dunn ...

Op eemol ass d'Luucht erëm ugaang. D'Shirley huet säi Fanger aus denger Wonn gerappt. Ouni dech ze kucken. An ouni mech ze kucken huet hatt mer och meng Hand erëmginn. Hatt ass opgestanen, huet u senger Jüpp gezunn an ass erausgaang. Du hues däin Hiem an d'Box gestach a bass him nogaang. Deng Schëller huet gebrannt. Wéi wann eppes géif drastiechen. D'Shirley ass bal gelaf. Wéi wann et dech wéilt ofhänken ... Du has jo elo alles bezuelt! ... Oder wéi wann et rose wär. Vläicht wéinst deem Schäissfilm.Vläicht, well et net esou war wéi am Buch. Oder vläicht einfach esou. Beim Shirley kippt d'Stëmmung dauernd. Du weess ni richteg, firwat ... Dunn ass et Bang! stoebliwwen. Wéinst menger, hunn ech gemengt. Fir op mech ze waarden oder esou. Hatt huet sech ëmgedréint an ass laanscht dech gaang. Wéi wann et dech net géif ginn. Am Eck bei de Spillautomaten stoung den Aasch mat der Liederjackett. Dolce&Gabbana stoung déck a sengem Réck. *Wien ass hei eng Houer?*, huet d'Shirley gebirelt. Den Typ huet sech net ëmgedréint. Hien hat näischt héieren. Oder hien huet et net fir sech geholl. Hien hat jo och näischt gesot ... *C'est qui la pute, hein?*, sot d'Shirley dunn. Esou vill Franséisch verstees du och. Hatt stéisst den Typ mat zwou Hänn an de Réck. Wéi en sech ëmdréint, schléit d'Shirley hie mat der Fauscht riicht an d'Gesiicht. Et héiert een e klenge Knacks. *Oh! Putain!*, seet d'Shirley an hält sech d'Hand. De Knacks, dat war awer wuel éischter dem Typ seng Nues. Si muss gebrach sinn oder esou. Du gesäis se net, well den Typ huet seng Hänn virdrun. Trotzdeem falen déck Bluttdrëpsen virun him op de Buedem. D'Shirley jäizt nach ëmmer *Oh! Putain!* Ëmmer méi esouguer. Hysteresch, esou. Den Typ seet nach ëmmer näischt. En ass ganz wäit no vir gebéckt, datt kee Blutt op seng Jackett kënnt. Seng Kollege kucken just domm.

Ech brauch net vill Kraaft, fir e ganz ëmzewerfen. E Coup an de Réck, an en ass op de Knéien. Dann nach eng mam Fouss, an e läit um Bauch. Ech huelen e beim Kolli vun der Jackett an hiewen en e bëssen op. Hie léisst d'Hänn vun der Nues. En décke Pull Blutt. Wéi wann een dohinner gekatzt hätt. Den Typ rutscht bal vum selwen aus der Jackett. Si ass nach ganz ok. E puer Flecken un den Äerm just. Ech huelen d'Shirley mat der anerer Hand. An da lafe mer.

Um Eck hält grad e Bus. Ech rappen d'Shirley eran. Hannen an d'Këscht. Hatt soll sech bécken. Wéi an de Filmer. De Bus fiert un. Du luuss duerch déi dreckeg Fënster. Keen. Dach, schonns Leit um Trottoir, mee net de Wichsert mat der bluddeger Nues. Kee vun senge Kollegen. Keng Security. Keng Flicen ... D'Shirley ass ganz rout am Gesiicht. Ganz ausser Otem. Hatt hält ëmmer nach seng Hand. Du hëls se. Ouni ze iwwerleeën. Ouni ze froen. Hatt léisst dech gewäerden. Du masséiers se duuss. Fir ze kucken, ob näischt gebrach ass. Vläicht méi laang wéi néideg. E bësse méi laang just. *Do kënnt näischt no,* sees du him. *Deen zielt bestëmmt doheem, hie wär op d'Sabbel gaang. A seng Jackett hätt en am Kino leie gelooss. Oder am Bus. An da kafe Pappi a Mammi him eng nei. Déi hu souwisou Geld wéi Hee* ... D'Shirley huet iwwert d'ganz Gesiicht gestrahlt. Wéi wann et op Speed wär. Gezíddert huet et och. A mat den Zänn geklabbert. Also vu Keelt konnt et net sinn ... Du hues him d'Liederjackett iwwert d'Schëllere geluecht. A däin Aarm och. Hatt huet näischt gesot. Ganz lues hues du hatt widdert dech gezunn. Hatt huet nach ëmmer näischt gesot. Just geziddert. Du hues manner gefaart wéi éinescht am Zuch. Vill manner. Du hues gehofft, d'Shirley géif nees aschlofen. Du hues gehofft, de Bus géif ëmmer weiderfueren. D'ganz Nuecht duerch. An dann nach en Dag. An nach eng Nuecht ...

Beim Forum Royal wollt d'Shirley eraus.

Sechs

Keen Alkohol ënner 16 Joer. An och keng Zigretten. Du kruuts béides. Eng Fläsch Passoã. An zwee Päck Malboro. Déi laang. Ouni d'Carte d'identité gefrot ze kréien. Ouni domm bekuckt ze ginn. Net, well s de ausgesäis wéi 16. Meng dat nëmmen net. Wéi e Pissert gesäis de aus! Et ass just all Mënsch schäissegal. Esoulaang s de bezills ...

D'Shirley huet sech gefreet wéi e klengt Kand. An d'Hänn geklappt. Op der Plaz gehopst an esou. Et huet och esou ausgesinn, mat der Jackett, déi him vill ze grouss war. Si ass him bis iwwert den Aasch gaang. A seng Hänn huet een och net gesinn.

Dir sidd op d'Wiss gaang. Dëm Shirley seng Iddi. Hatt huet sech drop behaapt. Du gees net gären op d'Wiss. Ze vill Megacooler sinn do. Punker an esou. Maachen dech ëmmer direkt domm un, wann s de aus dëm Éisléck kënns. Wéi vill Schnéi da géif leien? A wou däi Mëschtgreef da wier? A lauter esou ee Schäiss. Si sinn zwar net all esou. Eng Partie sinn och ganz ok, mee e puer Aaschlächer sinn ëmmer drënner ... an e puer Flice sécher och. Esouguer déi hu matkritt, datt hei gedealt gëtt. Dofir gees du net gären op d'Wiss ...

Et sinn net vill Leit do. An trotzdeem schéngt d'Shirley se all ze kennen. Hatt kusst se all of. Schnuddler, déi nach wéi Primärschoul ausgesinn. Stréihblond Tussen. Penner, déi säi Papp kéinte sinn ... an déi esou fachen, datt s du hinnen emol net d'Hand géifs ginn! Dech stellt et kengem vir. Et freet och keen, wiens du bass.

D'Gras ass och naass. *E bësse fiicht vläicht ... Féier keng esou eng op. Komm, setz dech!* D'Shirley huet sech gesat. Matzen an d'Mëtt. All Mënsch konnt iech gesinn. All déi, déi op de Glacis gaang sinn. Iwwert de Wee. Oder déi, déi duerch d'Wiss ofgekierzt hunn. Vill hunn der gekuckt. Just kuerz meeschtens. Am Fong kéint dat der jo egal sinn. Schäissegal. Ass et der och normalerweis. Mee haut ..., blomaachen ..., dann déi Geschicht mat der Jackett ... an elo Passoã schluppe mam Shirley. Hatt gesäit net aus wéi 16. Definitiv net. D'Shirley gesäit dat net esou. Hatt fëmmt eng no der anerer. A prost mat der Fläsch den Aaschlächer zou, déi hatt e bësse méi laang kucken. Du fäerts d'Flicen, hä? Du bass e richtege Fäertaasch! Du sees näischt. D'Shirley huet recht, gleef mer et. Du bass guer keen Haarden ... Hatt laacht a rëffelt sech widdert dech. *Du bass cool! Merci fir d'Jackett ...* Hatt veraascht dech grad, mee du kriss dat net mat. Säi Geschmiers entspaant dech. Dat, an déi hallef Fläsch Passoã. Du besäifs dech net dacks. Net esou dacks, wéi s de bei de Kollegen téins. An dann och net richteg. Just, well s du net gutt katze kanns. A well s du net katze kanns, gëtt et der ëmmer méi schlecht. A schliisslech fäls de schwaach. An dat ass wierklech Schäiss ... Mee e bëssen, esou wéi elo, dat ass cool. Du gëss wierklech méi relax ... Du probéiers esouguer, deng Hand op dem Shirley seng Knéien ze leeën ... Mee hatt wëllt net. Soss looss mech emol ... Ëmmerhi gëtt deng Tussi guer net rosen oder esou.

Ech mengen esouguer, datt hatt dat elo cool fënnt. Datt hatt just mat mir spille wëllt. Rolzen oder esou. Ech leeë mäin Aarm ëm seng Taille a probéieren, hatt erofzezéien. D'Shirley quiitscht wéi e Fierkel. Hatt probéiert, sech lasszerappen, a schléit der d'Fläsch riicht an d'Schnëss. Net express, mengen ech ... Ech loossen dech op de Réck falen a beweegen dech net méi. Et huet net esou wéi gedoen. Ech si méi iwwerrascht. An du natierlech e bëssen erschreckt. Ech hale deng Aen zou. Héiers de? Däin Numm? Oder seet et *Johnny?* Just eng Kéier. Net wierklech besuergt. Elo nach eng Kéier! Net däi Päiffennumm, mee *Johnny?* E bësse méi haart schonn. E Schiet iwwert dengem Gesiicht. D'Shirley béckt sech iwwert dech. Et gëtt esou een Toun vun sech. E kuerzt Laachen, vläicht. Da setzt hatt sech op dech. Esou richteg. Mat de Been auserneen esou ... Esou wéi an dem Rui senge Filmer. Hatt beweegt sech och esou ..., just méi lues ... *John-ny!* Ech wëll et packen, mee hatt huet mech komme gesinn. Mat deenen zwou Hänn stäipt hatt sech op dengem Mo of a spréngt op. Du fluchs. D'Shirley laacht. A wat s du méi fluchs, wat hatt méi laacht. *Häss de gemengt, hä? Komm, ech wëll der eppes weisen!* D'Shirley streckt der d'Hand. Ech huelen se.

Hatt schleeft dech méi wäit an de Park eran. Vum Wee erof. Duerch eng Heck. Hannert esou eng Zort Schapp. Et sténkt no Piss. *Op d'Knéien! En ale Schäiss!*, sees du. Et ass voller Bulli. A Pabeiersnueschnappecher. Bestëmmt kommen d'Clocharden hei schäissen. Du lees dech widdert e Bam a fänks eng Zigrett un. D'Shirley leet d'Jackett op de Buedem a knéit sech drop. Hatt schëtt de Rescht Passoã aus a grommelt eppes. Wéi e Gebiet oder esou. Ech mengen, hatt huet esouguer d'Aen zou. Da stécht et d'Fläsch mam

Hals an de Buedem. *Fänk mer eng un!* Dat ass ok. Dat kanns de maachen. Hatt hëlt se, ouni dech ze kucken. Hatt leet d'Zigrett op d'Fläsch. Iwwerdeems se ofbrennt, schaukelt d'Shirley sech hin an hir. Wéi wann et e Kand an sengen Äerm hätt. Mee et huet just sech ... Also spéitstens elo häss de solle lafen. Wäit ewech vun deem Framënsch. Dat ass nämlech brätschgeckeg ... Du hues och dru geduecht. Et war blöd vun dir, mam Shirley blozemaachen. Well am Enn hues de näischt dovun. Du hues e Schäissfilm gesinn an Tonne Suen ausginn an ..., a guer näischt. Mol net geknuutscht oder esou ..., nëmme bal, an dat ass iergendwéi nach méi schlëmm wéi iwwerhaapt net. An dat e bësse war esou asi ..., richteg onheemlech ...

D'Zigrett ass fäerdeg. D'Shirley och. Hatt klappt d'Jackett of. Mécht d'Kräiz. A geet. *Meng Mamm* ..., seet d'Shirley. *Meng Mamm* ..., wéi wann s du géifs wëssen, wat mat senger Mamm ass. Oder wéi wann s du elo géifs froen ... Du hues genuch mat denger ...

Ass deng Mamm eng Houer?

Deen esou eppes freet, dee schléis du vreckt. Normalerweis. Well normalerweis ass dat keng Fro. Normalerweis ass dat Veraarschung. A esou eng Veraarschung verdréis du net. Ebe well d'Sandra eng ass. Eng Houer! Ok, ok ..., soe mer, eng kleng Pute. Eng Schlamp. Eng *slut*. Wéi se an denge Filmer soen ...

Ass deng Mamm eng Houer, jo oder neen?

Hatt hält sech drun. Mee et schéngt eng richteg Fro ze sinn. Eng ganz einfach Fro. Jo oder neen? Da maach elo eppes. Schlo him eng an d'Zänn oder äntwer him! *Nee ... firwat?*, sees de. Ouni d'Shirley ze kucken. Du wëlls net gesinn, wéi hatt ufänkt mat Laachen ...

Ma ... meng Mamm ass eng ..., war eng. Oder bal ..., also keng ganz richteg. Si huet net gebuppt mat ... een, zwee Typen oder esou ... Verstees de? Dat net ..., mee si huet hinnen ee gewichst ..., och emol ee geblosen ..., verstees de? Fir Suen. Oder direkt fir e Fix ... Dat ass Heroin, verstees de? Meng Mamm war nämlech Junkie! Heroinjunkie! Dem Shirley seng Stëmm iwwerschléit sech vu Begeeschterung. Iergendwéi stolz schéngt hatt ze sinn ... Et ass och iergendwéi voll krass, hä? Houer an Heroinjunkie! Ëmmer besser wéi versoffe Klont ...Well mam Sandra kanns du dech definitiv net bretzen ...

Wéini seng Mamm da gestuerwe wär, wollts du wëssen. *Schonns viru laangem. Viru siwe Joer. Hei am Park ass se fonnt ginn. Mueres fréi.*

Ebe genee do hannert deem Schapp. An d'Sprëtz hat se nach am Aarm ... Wéi d'Shirley dat da géif wëssen, hues du gefrot.

Ech weess dat eben! An deng Mamm?

Du hues e bësse gezielt. E bësse vill. Vill méi, wéi s de am Fong solls. Bal esou vill, wéi s de mir ziels. A mir ziels de alles. Den Johnny Chicago weess alles! Ech sinn däi beschte Frënd. Däin eenzege Frënd. A meng net, datt esou eng dohirgelafen Tuss ... Mee ëmmerhin hues de him näischt vu mir gesot. Wéi mer eis kennegeléiert hunn. Deemools zu Köln ... An och näischt vun dengem Papp. Et gëtt och net vill ze soen. D'Shirley huet jo och näischt vu sengem gesot. A gefrot huet et och näischt. Pappen, dat schéngt fir hatt keen Thema ze sinn.

Du wäers gär nach weidergaang. Am Krees. Ëmmer um selwechte Wee. Ëmmer laanscht déiselwecht Bänk. Bei der drëtter oder véierter Kéier hätt dir iech vläicht gesat. Mee dunn huet d'Shirley nees Kollege begéint. D'Stad ass voll vum Shirley senge Kollegen. De Jacques an den Denilson.

Deen ee war schonns zu Schraasseg an deen aneren ass Produzent. Seet d'Shirley. Dech stellt et net vir. Du waars jo och nach néierens. Emol nach net zu Dräibuer. An enger *classe mosaïque* just. An der Auszäit ..., mee wann et dat seet, da laachen se sech vreckt ... Si sinn awer ok. Maache mer esouguer eng Tapp. D'Shirley bretzt sech mam Blomaachen. Seet, et wäre lauter Aaschlächer. A Puten. Den Här Kerschemeyer, d'Nathalie, d'Schäfer, déi houer Molitors ... D'Shirley strahlt iwwert d'ganz Gesiicht. Dech bekuckt et net. Du kéints direkt den Zuch huele fir zréck. Dat wär och bestëmmt dat Bescht ...

De Jacques hëlt eis mat op Éiter. Gees de mat? Wou Éiter wier, frees du. Si kucken dech all, wéi wann s du vum Mound kéims. *Just nieft Schraasseg. Wou soss? Ah, dat Éiter!*, sees du. Dat muss net immens iwwerzeegend geklongen hunn, well elo laachen se nach méi. *Ah, dat Éiter!* Den Denilson mécht dech no ... a gëtt der eng an de Réck. Et ass net béis gemengt. Si behandelen dech wéi en Éislécker Bauer. Dobäi bass du vu Péiteng ... Du probéiers, matzelaachen. Et geet och. Vläicht, well s du eng hallef Passoã dobannen hues. Vläicht einfach, well s du de Jacques an de Denilson cool fënns. Du fënns déck Aaschlächer ëmmer cool. Dofir kanns du jo och just ok soen. Dofir fiers du mat op Éiter. Dofir ... a wéinst dem Shirley. Obwuel s du ëmmer méi mierks, wéi total krank hatt ass. Obwuel s du ëmmer manner Loscht hues, hatt ze biischten ...

Den Denilson fiert. De Jacques dréint eng Wick. En Joint. Du hues der schonns geféimmt. Net Tonnen, wéi s de hinnen elo ziels. Just e puer. An och Shisha, sees de. *A mat net nëmmen Tubak dran!* Sees de och. Et schéngt kee Schwäin z'intresséieren. Si hunn et vläicht einfach net héieren. Wéinst der haarder Musek an esou. Op der Gare huel der nach zwou

Puten mat. Esou nennt de Jacques se. D'Chanel an d'Melissa. D'Melissa ass dem Shirley seng bescht Frëndin. Seet d'Shirley. An datt et 21 Joer huet. An e Kand. Den Jason ass bei der Bomi. D'Shirley klëmmt bei dech op de Schouss. Fir datt déi aner zwee Plaz hunn. Wat ech eng Chance hätt, mengt den Denilson. *Seul à l'arrière avec trois putes! Keng Wichsflecken op de Sëtz!*, rifft de Jacques. D'Meedercher laachen. D'Shirley reift säi fetten Aasch extra fest widdert dech. D'Melissa streckt d'Hand aus a fillt, ob s du e Steiwen hues. Hues de net. D'Melissa kickelt trotzdeem. An all déi aner brëllen. Ech och. Du och. Vill Leit, déi einfach blöd sinn, ass cool. Ëmmer méi cool wéi eng Mamm, déi dauernd pinscht.

D'Wick ass séier fäerdeg. Du hues se just zweemol kritt. *D'Puten hu mer alles ewechgefëmmt!*, sees du. Des Kéier laacht den Denilson. An de Jacques och. Hien dréint nach eng. *Eng just fir d'Männer!*, seet hien. A laacht. Ech laachen och. D'Puten sinn net frou. D'Shirley meckert. Méi am Geck. Mengs d'emol. *Ta gueule, connasse!*, seet den Denilson. Och fir ze laachen. D'Shirley laacht emol op alle Fall. Mee hatt paakt d'Wick net méi un. An d'Melissa an d'Chanel och net méi. Dofir tuschelen se op Portugisesch. Du wousst guer net, datt d'Shirley Portugisesch kéint. Hatt ass nämlech keent. Et gesäit op alle Fall net esou aus ...

Et huet ugefaangen, däischter ze ginn, wéi der zu Éiter ukomm sidd. Also zu Éiter sidd der am Fong guer net ukomm. Et war iergendwou tëschent Éiter an ..., du weess guer net méi, wou ... Mutfert, ass et. Tëschent Éiter a Mutfert. Do ass esou ee Café. Oder éischter e Restaurant. Esou gesäit et aus. Awer ganz zou. All d'Lueden erof a ganz däischter an esou. Den Denilson huet den Auto hannert d'Haus geparkt.

Et ass jo zou, hues du gemengt. Wéi en Topert. D'Shirley huet dech an de Bak gepëtzt. *Du waars nach ni squatten, hä?* Nee, dat waars du nach ni ..., an du weess emol net, wat dat Wuert heescht ... Mee dat hu mer hinnen net gesot. Ech, ech weess natierlech, wat „squatten" heescht, mee ech hu just *Pfff!* gemaach. An deng Schëllere gezuckt. Genre, mat esou Kannerschäiss häls du dech net op.

De Jacques an den Denilson wëssen op alle Fall, wat ze maachen ass. Du kriss eng Këscht an de Grapp gedréckt. D'Puten sollen d'Schnëss halen, soen si. Den Denilson huet d'Täscheluucht. De Jacques d'Briecheisen. Et dauert keng zwou Minutten.

Eng Alarmanlag geet net un. D'Luuchten och net. Si soen dir, du solls d'Këscht opmaachen. Lauter kuerz, déck Käerze sinn dran. Du fänks se mam Zippo un a reechs se de Meedercher. Si stellen se e bëssen iwwerall am Raum op. No an no gesäit ee besser. De Comptoir mat de Glieser, déi driwwer hänken. Déi kleng Dëscher mat enger rouder Luucht an der Mëtt. A Fotellen ronderëm. A Kanapeeën an den Ecken. A Spigelen. Vill Spigelen. An eng kleng Bühn. Wierklech kleng. Zwee Meter op zwee Meter vläicht. Just drësseg héich. Mat esou enger Schäissdiscokugel driwwer. A ganz vir e blénkege Poteau ... E Puff. Däin éischte Puff! Du bass esouguer ganz eleng dropkomm ..., wéinst dem Rui senge Filmer ... De Poteau, wou gäil Schécksen sech dolaanscht rëffelen ... Du hues direkt un d'Shirley missen denken. Hues der virgestallt, wéi hatt sech ...

An dunn ass der op eemol kloer ginn, datt der genee dofir heihinner komm sidd. An dat hues du net méi esou cool fonnt. D'Shirley an de Poteau an esou ... *Les putes au Puff!*, huet den Denilson geruff. An all Mënsch huet gelaacht. Du och.

De Jacques huet d'Schief ënnert dem Comptoir opgerappt. En huet just eidel Äschebechere fonnt. Den éischten huet hie selwer widdert e Wandspigel gehäit. Et gouf just e klenge Rass. Déi aner huet en op eis gepucht. Mir sollten se opfänken. A weiderschmäissen. Ech hunn eng kleng Luucht vun engem Dësch geschoss. D'Melissa duerch eng gliesen Dir. All Mënsch huet geklappt. D'Melissa huet Kusse verschéckt. D'Shirley huet d'Discokugel verfeelt. Hatt ass ausgebuht ginn. Awer net béis. Ech hunn een zweeten Äschebecher nogeschoss. Voll getraff. E puer kleng Spigele si weggeflunn, mee d'Kugel ass hänke bliwwen. Du sinn ech op d'Bühn gesprongen an hu mech mat mengem ganze Gewiicht un d'Kugel gehaangen. Ech hu mer d'Hänn opgeschnidden, mee ech hunn net lassgelooss. Du huet et gekraacht. Ech sinn op menge Féiss gelant. Ech hunn d'Discokugel dem Shirley op de Schouss geluecht. Si war voller Gips a Blutt. Déi aner hu gebirelt. D'Shirley huet mer e Kuss op d'Stir ginn. Déi aner hunn nach méi haart gebirelt.

Mir hunn d'Fotellen an d'Mëtt gezunn. De Jacques huet Kreesch gedoen. Hien hat endlech eppes fonnt. E ganze Kartong mat Buff. *Buff schmaacht dégueu!*, huet d'Shirley fonnt. *Jo, mee et ass Alkohol dran!*, sot de Jacques. All Mënsch huet dat witzeg fonnt. Mir hunn eis an e Krees gesat. Eng Fläsch ass ronderëm gaang. D'Meedercher hunn all *Beurk!* a *Bäh!* gemaach. Si hunn awer gedronk. Si hätte léiwer en Joint, soen si. *Bitte! Bitte!* Den Denilson géif och e Kuss kréien. Oder esouguer nach méi ... Dunn hunn se nees ugefaang mat Kickelen. Hien hätt näischt méi. A Pëllen?, wollt d'Shirley wëssen. Pëllen hätt hien nach. Mee déi wäre saudeier. Hie géif net all de Puten einfach esou Pëlle ginn. Hie wär jo net d'Caritas! D'Shirley huet nach eng Schlupp Buff geholl. Hatt géif danzen, wann hatt eng Pëll géif kréien. *Ech och!*, huet d'Chanel gebläert. An d'Melissa och. Awer fir d'éischt d'Pëllen. Soss kéinten si dat net. Den Denilson huet eppes vu *Salopes* genëschelt. De Jacques huet gesot, hie soll keng esou eng opféieren. An du hues d'Fläsch Buff eidelgesoff. An d'Fläsch an d'Glieser iwwert dem Comptoir geschmass. Et sinn der megavill futti gefuer. Mee et huet bal kee méi intresséiert. De Jacques an den Denilson hunn hir Fotelle virun d'Bühn gezunn. D'Melissa huet Käerze vir op d'Bühn gestallt. Schéin eng niewent déi aner. D'Chanel an d'Melissa hu matenee geflüstert. A nach Buff gedronk. Si bräichten awer Musek. An d'Pëllen. Du häss jo Pink op dengem iPhone, sot d'Shirley. Du solls hinnen dee ginn. Am Fong wollts du dat net. De Jacques an den Denilson menge sécher, du wäers schwul. An du fäerts och, datt däin iPhone dono vreckt ass. An du has och kee Bock, d'Shirley danzen ze gesinn. Virun all deenen aneren. Dofir hues du gemaach, wéi wanns du näischt héieren häss ...

D'Shirley ass vun der Bühn erofkomm an huet sech bei dech op de Schouss gesat. Hatt huet der d'Zigrett aus dem Mond geholl an eng Kéier dru gezunn. Dunn huet et dir se zréck an de Mond gestach. Et ass einfach an deng Jacketts-täsch gefuer an huet sech zerwéiert. Dobäi huet hatt dech déi ganze Zäit riicht an d'Aen gekuckt. Et huet net Wannechglift gesot. Mee et huet esou ausgesinn. Ganz seriö, an esou ...

Wéi et opgesprongen ass, huet et schonn nees gelaacht. Et huet sech iwwert den Denilson gebéckt an d'Zong eraus- an eragestreckt. Bis hien him eng Pëll dropgeluecht huet. Dunn sinn déi zwee aner och komm an hunn datselwecht gemaach. Si kruten och datselwecht.

De Sound um iPhone ass net immens, wann een e bis hannewidder opdréint. E louch lénks niewend der Bühn op engem Stull. D'Fraleit stinn hannen. Si diskutéieren. Si laachen. Oder vläicht streiden se. Du héiers se net gutt. Du gesäis se och bal net. Den Denilson bläert dauernd *Apoil! Apoil!* De Jacques seet guer näischt méi.

Endlech kommen se no vir. Si hunn allen dräi hiren T-Shirt ausgedoen. Mee net de Soutien. Si beweegen sech am Rhythmus vun der Musek. Also esou ongeféier. D'Chanel an d'Melissa maachen, wéi wann se géife knuutschen. Si begrapschen sech géigesäiteg den Aasch a stiechen sech d'Zong an d'Strass. D'Shirley hält de Poteau mat zwou Hänn a reift sech dolaanscht. Erop an erof. Erop an erof... Dir ass schlecht. De Schäiss Buff. An déi vill Zigretten. Dat kënnt heiansdo vir. Da geet der de Schweess aus. Da gëtt et der ganz kal. Da fält op eemol eng Riddo. Eng schwaarz Riddo. An déi fält vun ënnen no uewen. Ganz komesch, hä? ... Du fänks der nach eng Zigrett un. Trotzdeem. Oder grad dowéinst. Du weess net méi. D'Fraleit maachen nach ëmmer iergendee Schäiss. All Mënsch fënnt et Schäiss. Du op alle Fall. A si och. An de Jacques och. Esouguer den Denilson huet keng Loscht méi op dee Schäiss. An ech och net! Si soen zwar, si wäre Puten, mee guer näischt! Dat ass egal wat, wat déi do opféieren. Fir ze katzen ass et! D'Shirley och! Fir ze katzen! Keng Pute. Guer näischt. Eng kleng domm Tussi! Mol net ... E klengt dommt Meedchen ass hatt ... a soss guer näischt ... Do kënnt et. A wat hätt et elo nach gären? *Verpiss dech, du domm Fotz!* Du géifs et jo soen, mee da muss du katzen. Dat solls du vläicht och maachen, fir eng Kéier, wou s de kanns: Et vun uewe bis ënne vollkatzen ..., alles iwwert seng Titten. Esou gäil sinn se guer net ... an och net esou déck. Dat meescht mécht de Soutien. Alles Fake! Et ass alles Schäissfake ..., alles Uschass ... Elo sëtzt et nees op dengem Schouss, dat dommt Véi! Hatt hëlt e Schotz Buff. Dann zitt et der d'Zigrett nees aus dem Mond. Ganz duuss. Ech weess, wat elo kënnt. Du och ... Du press d'Lëpsen ganz fest zesummen. Mee d'Shirley brauch se just mat der Spëtzt vu senger Zong ze beréieren, schonns ginn se auserneen. Du weess net, firwat. Du weess et wierklech net. Seng Zong buert sech déif an deng Strass. D'Zigrett buert sech an deng Schëller. Déi riets, dës Kéier. Et gëtt dir esou schlecht. Et gëtt dir esou waarm. Du beweegs dech net. Du explodéiers. Ouni dech ze beweegen.

Siwen

– Duuscht, hä? Noduuscht. Dovun erwächt een ëmmer. An dee Stach am Kapp ..., dat ass Migraine. An déi gëtt méi schlëmm, wann s de de Kapp och nëmmen e bësse beweegs. Oder den Aarm. Oder soss iergendeppes. Beweeg dech einfach guer net. Och net d'Aen. Virun allem net d'Aen! Si stinn dir aus dem Kapp eraus wéi op Stiller. A sinn dréche wéi Sand. A kraze laanscht d'Aendeckelen. Maach d'Aen nëmmen net op. D'Luucht bascht der de Kapp. Du brauchs se souwisou net. Deng Aen. Fir dech gëtt et näischt méi ze gesinn. Vun elo u kucken ech. Ech soen der alles, wat s de brauchs. Ech weess alles, wat s de wësse muss. An ech soen alles, wat s de soe muss. Genee wéi s du. Just vill besser. Ech weess alles besser wéi s du. Wann s de dat verstanen häss, géif et der besser goen. Schonns zanter laangem. Zanter ganz laangem. Deen Daach, wou s de dat verstees ...

Du hues bestëmmt scho gemierkt, datt s de net an dengem Zëmmer bass. Et sténkt net no kalen Zigretten. Et richt éischter no propper, në? Javel an Desinfektiounsmëttel an esou. An d'Lëlldicher sinn net schmuddeleg verschweesst, mee fillen sech haart a frësch un. Also ...? Also e Klinikszëmmer, du Pigeon! Do landen all d'Looseren, wéi s du. All déi,

déi mengen, si kéinte saufe wéi di Grouss. Zumindest all déi, déi d'Chance hunn, net un hirem eegene Katz z'erstécken. Du has Chance, well s du näischt giess has. Du hues just sténkegt Waasser gekatzt, dorun erstéckt een net esou séier ... Erënners de dech? De Puff zu Éiter? De Buff, deen s de rageschott hues? Just aus Frust. Deng kleng Houer, déi s de vollgekatzt hues ... Hatt huet der nach eng geläffelt dowéinst, mee dat kruuts de net méi matt. Si hunn dech do sëtze gelooss. D'ganz Nuecht. An dengem eegenen Dreck. Katz, Piss a Schäiss. Du bass nach just ausgelaf. Et war hinne schäissegal. Moies sinn se gaang. Esou géint sechs. Ëm siwen ass eng Ambulanz komm. An elo bass de hei. Um Kierchbierg. Si hunn der de Mo ausgepompelt. Et war zwar näischt méi dran, mee ... egal. Du hues bestëmmt d'Strass ganz réi. Zwou Tussiën hunn dech gewäsch. Déi eng hätt kënnen deng Bom sinn. Ech soen der net, wat se gezielt hunn. Veraascht hunn se dech. Mee si hate recht. Du waars een eenzege Koup Schäiss. Du bass elo net besser. Mee wéinstens sténks de net méi ... D'Flice waren och schonns hei. Si komme rëm. Vläicht kënnt d'Nathalie mat. Vläicht och d'Sandra. Vläicht och net. Ech mengen, d'Sandra wär méi frou gewiescht, wann s de gevreckt wiers. Éierlech. Hatt bräicht net méi an d'Schoul ze rennen, all Kéiers, wann s de Schäiss baus. Net méi bei d'Flicen ..., net méi an d'Klinik ... Hatt kéint sech ganz op dat eenzegt konzentréieren, wat fir hatt wierklech wichteg ass: geféckt ze ginn. Gutt an zimlech dacks ... Wat? Ok, frou ass vläicht iwwerdriwen. Liicht iwwerdriwen ... Vläicht net frou, mee erliichtert. Erliichtert kléngt besser. Esou wéi s du him géintiwwer. Dir wäert allen zwee frou, wann deen aneren dout wär. Pardon, erliichtert ... Looss d'Aen zou, sot ech dir! Wat wëlls de gesinn? Ech zielen dir ...

E grot proppert Zëmmer. Just een eenzegt Bett. Däi Bett. Virwat, weess ech net. Vläicht hunn se ganz wéineg Betrib am Moment. Vläicht wëllen se kengem deng Präsenz zoumudden. Wie wéilt schonns e Stéck Schäiss nieft sech ... Dofir och keng Blummen. Wie géif dir och schonns Blumme matbréngen? D'Sandra? Ganz sécher net. Da schonns éischter d'Flicen ... D'Shirley? Déi kleng Fotz? Dofir hues de probéiert, d'Aen opzemaachen? Fir ze kucken, ob deng kleng Houer do wier? Du bass wierklech deen allerleschte Pigeon! Du bass him esou eppes vun egal! Hatt huet dech an dengem Schäiss sëtze gelooss, fir sech fécken ze loossen. Direkt hannert dengem Réck! Op deem rosa Kanapee. A Kreesch huet et gedoen ... Mee du waars zou ..., esou zou ... Du waars am Fong schonns méi wéi zou. Scho bal fort waars de. Ethylesche Koma, nennen d'Dokteren dat. Net wäit ewech vun dout, heescht dat. Wat wär eist Sandra frou ge... pardon! Erliichtert gewiescht! Mee neen, du hues missen erëmkommen. Hues de da wéinstens eppes gesinn? Dech selwer, vum Plafong erof? Däi ganzt Liewen, dat un dir laanschtgeflunn ass? Däi ganzt Schäissliewen? Oder en däischteren Tunnel? Eng grell Luucht, ganz hannen um Wupp? Bass de drop zougaang? An dann? Hunn se dech zréckgerappt mam Schlauch, deen se der duerch d'Strass bis an de Mo gestach hunn? Wat? Hal d'Schnëss. Dat si keng Froen. Ech kennen d'Äntwert schonns. An du och. Dat si just Froen, fir dech ze veraarschen. Rhetoresch Froen, esou heescht dat. Du kanns souwisou net schwätzen. Du hues d'Strass jo ganz réi. Schlécken ass Horror. A wann s de schwätz, da muss de och schlécken ...

Wat? De Réck? Wat mat dengem Réck ass? Gemittlech läis de bestëmmt net ..., dat ass jo kloer... Wéi, du weess net? Du weess net, wat s de hues, um Réck? Natierlech net. Ech weess. Et ass jo bal méi mäi Réck wéi däi Réck, verstees de? Esou wéi zu Köln, deemools ..., mäin, däin ..., dat ass op eemol schäissegal. Wann s de laang genuch drasëtz, dann ass alles schäissegal. Da bass de ... Also, d'Dokteren wëssen et op alle Fall net. A well se et net wëssen, sinn se e bësse genéiert. Si wëllen och net méi driwwer schwätzen ... Si hate probéiert, et ewechzemaachen ..., erauszeschneiden ..., mee et ass nogewuess. Schonns zweemol. Dofir hunn si et sigelooss. Mee si wëssen net, wat et ass, an deene zwee Lächer ... Jo, zwee! Dat zweet ass ganz frësch ... Erënners de dech? Zu Éiter? Ma ja, an deenen zwee Lächer wiisst eppes. Megarëffeg, ech kann der soen! Ganz schläimeg ..., wéi e klenge Stomp ... 3, 4 Zentimeter laang, net méi ... Ruckelzéch! Mee wann een se ofschneit, wuessen se no ... Wéi gesot, d'Dokteren hu kee Plang ..., mee ech weess, wat et ass ...

Aacht

Du muss erëm ageschlof sinn. Oder ewechgetrueden. Vu Péng. Wéi s de erëm opgetaucht bass, war d'Madame Steines do. D'Nathalie! Hatt stoung do dech ze kucken. Streng, wéi hatt ëmmer kuckt. *Et ass ëmmer esou waarm an deene Kliniken!*, huet hatt gesot. Hatt huet säi Mantel ausgedoen. An e Stull no bei d'Bett gezunn. An sech drop gesat. Ganz no widdert Bett. Et hat nees eng vun sengen duerchsiichtege Blusen un. An e schwaarze Soutien drënner. A vill Knäpp, déi opstoungen. Du konnts soss näischt maachen, wéi riicht drakucken. An esou e Steiwe kréien, datt et schonns wéigedoen huet. An hoffen, datt d'Nathalie endlech seng Hand géif ënnert d'Decken stiechen. Dat ass net geschitt. Natierlech net. Mee och soss ass näischt geschitt. Bal näischt. Keng Panzrappecht. Keng Moralpriedegt. D'Nathalie huet just gefrot, wéi et der géif goen? *Gutt* ..., hues du geäntwert. *Gutt* ..., huet hatt widderholl an dobäi de Kapp gerëselt. *Gutt* ... Dunn sot et näischt méi. Hatt ass just sëtze bliwwen an huet dech seng Titte kucke gelooss. Du hues d'Aen zougemaach. An erëm op. D'Nathalie war nach ëmmer do. Erëm zou. Erëm op. Nach ëmmer do. A wann hatt ni géif goen? Wéi cool wär dat, hä? Mee dunn huet et geklappt. D'Flicen. D'Nathalie ass opgestan. Huet säi Mantel nees ugedoen. An zougeknäppt bis uewenhinner. Bis ganz uewenhinner. Ier et gaang ass, huet et dir seng Handysnummer dogelooss. Op engem klenge gielen Ziedel. Deen et schonns geschriwwen hat, ier et komm ass. D'Flicen hunn him äddi gesot. Hatt huet net geäntwert. Oder du hues et net héieren ...

Wou deng Mamm wier?, wollten d'Flice wëssen. Du géifs et net wëssen, sos du. Um eelef wär gesot gewiescht, soten se. An elo wär et schonns zéng op. Deng Mamm wär ni pénktlech, hues du gesot. An dës Kéier huet et net wéi eng Excuse geklongen. D'Flicen hunn näischt méi gesot. Si sinn einfach stoebliwwen. Deen een huet zur Fënster erausgekuckt. Deen aneren huet dech fixéiert. Wéi wann en eppes kéint liesen. An denger Schnëss. Du hues einfach d'Aen zougemaach ...

Deng Mamm! Si huet missen dobäi sinn, wéi d'Flicen mat dir geschwat hunn. Dat ass esou. Dat ass Gesetz. Well s de mannerjäreg bass. Dat ass egal wat! Du bass jo awer méi verstänneg wéi deng Mamm! Manner mannerjäreg wéi eist Sandra! Ouni hatt wär dat alles vill méi liicht iwwert d'Bühn gaang. Den Interrogatoire. D'Verhéier, wéi se op der Tëlé soen. A wa schonns en Erwuessenen dobäi muss sinn, da léiwer e richtegen. Wéi d'Nathalie. Hatt ass zwar méi jonk wéi deng Mamm, awer vill méi verstänneg. Hatt hätt bestëmmt net bei de Flicen zou gekrasch. Hatt wär dir net duerch d'Hoer gefuer an hätt Stuppi gesot. Stuppi! Bei de Flicen zou. A kuerz drop huet et dech gerëselt a vernannt. Deen ee Flic huet d'Ae verdréint. Just kuerz, mee du hues et gesinn. A blöd ugebaggert huet se déi zwee Typen natierlech och. Wär se dach nëmmen dout! Seriö, elo. Ouni Witz! Si ka vläicht net besser, mee dofir grad wär se besser vreckt. Och fir si wär et besser. Fir all Mënsch wär et besser. Vill besser!

Als Mamm daacht se eben näischt. Null ... Fënnef vir halwer zwielef war si do.

D'Flice ware streng a professionell. Keng Aaschlächer, wéi all Mënsch ëmmer seet. Also net méi Aaschlächer wéi deng Proffen zum Beispill. Manner Aaschlächer wéi déi meescht Typen, déi deng Mamm heemschleeft op alle Fall ...

Du solls emol einfach erzielen, wat s de dozou ze soen häss. Du wollts ee Moment op cool maachen, mee dunn hues de dat sigelooss. Du has de Kapp wéi, déi Dénger am Réck hunn dech gekraazt an deng Mamm huet dech fuerchtbar genervt. Dofir hues du einfach d'Wourecht gezielt. Also ongeféier. A groussen Zich. An ouni Nimm ze nennen. Also du hues gesot, du wäers mam Shirley an der Stad gewiescht. An do hätt der zwee Type begéint. An déi wollten iech mat op Éiter huelen. An d'Shirley hätt net gewollt. Mee du wiers matgaang. A nach zwou Tussen. Wat d'Shirley gemaach hätt? *Keng Ahnung.* Et hätt dir gesot, et wéilt zréck an d'Internat. Mam Zuch. Dunn huet et der äddi gesot an ass gaang ... D'Nimm vun deenen, déi mat waren? *Keng Ahnung.* Du hues se jo all net kannt. Amir oder Almir oder esou ähnlech. Jugoslawesch. Deen aneren hätten se Gangsta genannt. Wéi de Bushido huet en ausgesinn. Also esou ähnlech. A Samantha déi eng Tuss. Déi aner? *Keng Ahnung ... Aha!*, hunn d'Flicen e puermol gemaach. A brav alles opgeschriwwen. Mee gegleeft hunn se der wuel net alles. Firwat s du esou Type wéi de Jacques Offenbach an den Denilson Martins da Cunha decke wéils? Ob s du an hirer Plaz op Schraasseg wéils? Oder op Dräibuer? Du hues näischt geäntwert. Dunn huet deng Mamm dech gerëselt a gebirelt. Du hues trotzdeem näischt gesot. *Oder ass et wéinst dem Shirley?*, hunn si gefrot. Da kéints du roueg ophalen, well hatt hätt hinnen schonns alles erzielt. Zimlech ähnlech wéi s du, mee just méi präzis. A mat den Nimm dobäi. Mat all den Nimm: Jacques Offenbach, Denilson Martins da Cunha, Melissa Viera épouse Hermes, Chanel Hopp. An och Shirley Fortunato. Well hatt wär dobäi gewiescht. Bis zum Schluss. Hatt wär och bei dir bliwwen, mee di aner wollten net. A mathuele wollten se dech och net. Du waars esou voller Katz a Schäiss ... *An der Mall héchstens ...*, sot de Jacques. Mee wann s du géifs vrecken, wat dann? Dunn hunn se dech einfach dogelooss. D'Shirley hunn se op der Gare erausgelooss. Do huet hatt den Zuch geholl. Aus dem Zuch huet hatt den 112 ugeruff. Déi hunn eng Ambulanz geschéckt. An d'Handysnummer un d'Police weiderginn. Déi hunn d'Shirley am Internat gepléckt. An dunn huet hatt alles gezielt ... Wou d'Shirley dann elo wier?, hues du gefrot. Et ass der einfach erausgerutscht. Du bass einfach en Topert. Den Aasch vu Flic huet och direkt domm gelaacht ... *An der Schoul, wou soss?*, huet hie gesot. *Mir hoffen op alle Fall ...* Du solls dech op kee Fall méi mat him ophalen!, sot deng Mamm. Esou eent wär keen Ëmgang fir dech. Eent, dat sech mat esou alen Type erëmdreiwt, wär ... Du hues einfach net méi nogelauschtert. Et war fir ze laachen. Fir haart ze laachen! Deng Mamm! Grad si, si ... Ech mengen, wéi kann si ...? Esou wéi si ass? Firwat seet keen eppes? Ech mengen esouguer, d'Flicen hätten hir soe sollten, *Madame, mengt dir net, datt dir, grad dir ...?* All Mënsch huet se schwätze gelooss. Du och ... *Hal d'Maul, du domm Sau!*, häss de hir solle soen. Et wär net frech gewiescht. Et wär net iwwerdriwwe gewiescht. Et wär just richteg gewiescht ...

Ob s du wéils eng Plainte maachen?, huet deen zweete Flic gefrot. Du hues net verstanen. Du duechts, si wären do fir dech an de Bing ze bréngen, an elo solls du op eemol eng

Plainte maachen ... Du hues näischt gesot. Mee hien huet sech net ginn. *Am Réck ..., dat, wat s de hues ...,* huet hien ugefaangen. Du hues nach ëmmer näischt gesot ... Den Dreck nervt wierklech, wann s de drop läis, hä? *Wien huet der dat gemaach? Den Offenbach?* Du bräichs net ze fäerten. Du solls et roueg soen. An eng Plainte maachen. Well soss kéinte si näischt maachen. De Jacques hätt schonns Ähnleches gemaach. *Du solls ..., du misst ..., du solls och un déi aner denken* ... Du hues näischt gesot. Deng Mamm huet nees ugefangen ze pinschen an un dir ze rappen. *Du solls* ... Du hues näischt gesot ... Dunn ass den éischte Flic opgestanen. An deen zweeten och. Si géifen e Rapport maachen, sot hien denger Mamm. Dech huet en net méi bekuckt. De Rapport géifen se un d'Jugendriichteri weiderleeden. *Dat kéint da séier goen ... Dat misst awer net.* Wat *dat* ass, hunn si net gesot. Mee deng Mamm weess anscheinend, wat *dat* ass. Oder si mécht esou, wéi wann. Fir net ze weisen, wéi blöd si ass. Et wär jo net fir d'éischt ... Dunn hunn se hir äddi gesot a si gaang. Mat dir huet kee méi geschwat.

Néng

– Da komm elo ...

– Wéi ... Da komm elo ?

– Do dech un. Da gi mer.

– Wéi? Einfach esou? Den Dokter ...

– ... ass en houere Vull. Wéi all déi aner Erwuessen. Do dech un!

– Ech kann dach net ...

– Natierlech kanns de! Du däerfs vläicht net, mee du kanns. Zanter wéini méchs du nach just, wat s de däerfs? Oder waarts de léiwer op d'Flicen? Du hues se jo héieren. Déi waarde just op eng Äntwert vum Geriicht. A wéi déi ausfält, weess de jo. Elo ass et Dräibuer. Definitiv. An do wëlls de net hin.

– Do wëll ech net hin.

– Do gehéiers du och net hin. Net méi!

– Ech ... Hä?

– Du bass anescht ginn. Alles ass anescht ginn.

– Esou schlëmm war dat ...

– Wie schwätzt schonns vun deem Schäiss? Dee klengen Abroch ... Ech schwätze vun dir. Vun dengem Réck.

– Mäi Réck ...?

– Dat, wat do wiisst. An de Lächer ...

– Wat ...?

– Du hues dech jo esou drugehalen ... Elo hues de de Schäiss!

– Wat ...?

– Wat wat?

– Wat ... Wéi gesäit ... dat aus?

– Also mech erënnert et un Chicken Wings. Déi vum Burger King. Esou ähnlech verbrannt gesinn se aus ...

– Chicken Wings ...?

– Esou ähnlech, sot ech ..., net ganz gebotzter. Déi eng oder aner Plomm hunn se vergiess ...

– Ech ..., ech kann dat net ..., ech wëll dat gesinn ..., fir ...

– Wat heescht dat dann? Gleefs de mir net? Ech sinn den Johnny! Den Johnny Chicago! Däi beschte Frënd. Däin eenzege Frënd, du Aasch! Wann s de mir net gleefs ..., wiem dann? Der verhouerter Sau, déi dech geworf huet? Deem gehirlosen Drecksak, deen se vollgesprutzt huet an dech net méi kenne wëllt? Deenen Aiziaiziloosere vu Proffen, déi dech wéi e Gehirkrëppel behandelen? Der klenger Fotz, déi dech an dengem eegene Schäiss stiechegelooss huet ...

– Hatt huet ugeruff. Dem 112 ...

– ... oder dengem Frënd? Dengem eenzege Frënd?

– Du ...

– Hal se! Firwat hues de Köln iwwerlieft? Net wéinst denger! Du wäers esou eppes d'Baach agaang! Keng 24 Stonnen häss d'et gepackt. Ech wousst, wat ze maache wier! Ech wousst, wat ze denke wier! An elo weess de, datt ech recht hunn! An ech weess, datt s du et och weess. Du hues guer keng aner Wiel. An déi ..., déi Chicken Wings ..., dat ass net egal wat. Ech soen der dat. Kuck dach nëmmen, wéi se kucken! D'Dokteren, d'Flicen ... Kuck dach nëmmen, wéi genéiert se sinn, wéi se net wëssen, wat soen, wat maachen ... Si hu keng Ahnung! Guer keng Ahnung, soen ech der ... Mee ech, ech weess ... Du waars fort. Wäit fort! An du bass zréckkomm. Schonn erstaunlech hunn ech fonnt ..., mee elo verstinn ech ..., verstinn ech, firwat. Alles huet e Sënn. An esouguer du, du schéngs neierdengs een ze hunn ..., e Sënn. Du bass net méi deeselwechten ..., net méi ganz deeselwechten ... Du muss eppes maachen. Iergendeppes ... An du muss dat elo maachen ... Du kanns net méi hei leien a waarden ..., waarden op wat? Du stees elo op an du gees ... Du weess schonns, wat ze maachen ass ... Komm, mir ginn elo einfach ...

Den Johnny hat recht. Einfach. Et war ganz einfach. Opstoe war kee Problem. Ech hu mech gutt gefillt. Ganz gutt. Esou gutt wéi schonns laang net méi. Vläicht esouguer esou gutt wéi nach ni. Keen décke Kapp. Kee wéie Mo. Keng ziddereg Knéien. A ganz kloer Gedanken. Ech wousst genee, wat ze maache wär. An dann ass et wierklech einfach. Esou einfach. Am Schaf louch proppert Gezei. Meng Mamm muss dat matbruecht hunn. Meng Mamm! Et muss een hir dat gesot hunn. *An denkt drun, Madame, bréngt ärem Bouf proppert Gezei mat ...*Vum selwe wär si ni op d'Iddi komm. Dat Komplizéiertst war nach d'Undoen. Den T-Shirt. An dann de Pullover. Ech hu gefaart. Wéinst den Chicken Wings. Si si jo esou schappeg. Anscheinend. Ech hunn net kontrolléiert. Well ech dem Johnny vertrauen. Vertraue muss. Hien huet ganz recht. Hien ass mäin eenzege Frënd. Ouni hie sinn ech näischt. Guer näischt méi. A souwisou war kee Spigel am Zëmmer ...

Am Gank soutz kee Flic op engem Stull. Wéi an de Filmer. Ech sinn einfach gaang. Hu just opgepasst, wéi ech laanscht d'Infirmièreszëmmer gaang sinn. Dono war et ganz einfach ...

Ech hunn Honger. Ech hunn Duuscht. Ech muss pissen. Ech hu Loscht ze lafen. Ech sinn d'Trape virun der Klinik erofgesprongen. Ech hunn d'Loft am Gesiicht gespuert. Ech sinn iwwert d'Strooss gerannt. An den Trottoir erof, Richtung Auchan. All zéng Schrëtt sinn ech gesprongen. Wäit. Ëmmer méi wäit. An och ëmmer méi héich. Et war wéi Fléien. Ähnlech. Oder wéi Schwiewen op alle Fall. Net laang. Mol net eng Sekonn all Kéiers. Mee et war awer dat. Eppes wéi Fléien. An et huet guttgedoen. Hannen am Réck. Gekribbelt an esou.

Am Auchan hunn ech Hausverbot, mee dat ass mer sou eppes vun egal.

– Schäissegal!

Am Auchan ginn ech pissen. Fir d'éischt. Da kafen ech mer e Bréitchen mat Thon a Mayonnaise. An eng Cola. 3€42. Am Kicherayon huelen ech dat längst Messer, dat ech fannen. 34 Zentimeter. 21,5 Zentimeter Kléng. 43 Euro. Ech hunn der just nach 5. D'Messer muss ech klauen. Dat ass u sech kee Problem. Ech mengen net, datt et an der Keess piipst. Loossen d'Verpakung do. Stelle mech esou, datt d'Kamerae mech net gesinn. An och net d'Security. Ech stiechen d'Messer an den Aarm vu menger Jackett. Mat der Spëtzt no ënnen. Wann ech den Aarm riicht no ënne strecken, fält et mer mam Grëff an de Grapp. Dat maachen ech natierlech net. Ausser et gëtt een domm ...

Et ass keen domm ginn. D'Caissière huet mer esouguer *Une bonne journée!* gewënscht. A mech *Monsieur* genannt. An ech, ech hu *Merci!* gesot. Richteg. Op Franséisch. Net *Määrci.* Mee *Merci!* De Kerschemeyer sot, *Merci!* wär méi richteg. Dat schéngt ze stëmmen, well d'Caissière huet gelaacht. Léif. Net fir mech ze veraarschen ... Ech huelen e Bus fir op d'Gare.

– Ech muss elo séier maachen. Wann se gesinn, datt ech ab sinn, da ruffen se dem Sandra un. A well dat dann hysteresch blöd gëtt, ruffen se d'Flicen ... Mee déi sichen mech net direkt. Net virum Owend. Esou wéi d'leschte Kéier. An da sichen se mech fir d'éischt op der Gare. Hei an der Stad. Oder vläicht zu Ettelbréck. Bis den Owend muss ech fort sinn ...

Trotzdeem ginn ech léiwer net duerch den Hall vun der Gare. Wéinst de Flicen. Mee ech wëll och soss kengem begéinen. D'Chanel, d'Melissa ... oder déi zwee Säck, déi mech sëtzegelooss hunn. Op den Denilson wierklech d'Shirley geféckt huet? Wann den Johnny et seet ... Mee dat ass souwisou schäissegal. Ech hätt et och maache sollen ...

– Mee wann een esou vill Buff saufe muss ...

Och nom Denilson. Hien hätt bestëmmt näischt dogéint gehat ... Ech ginn duerch den neien Souterrain virun der Gare. Deen, dee bei d'TGVë geet. Et steet grad een do. Einfach eraklammen. An an zwou Stonne bass de zu Paräis. Seet de Rui. De Rui war schonns zu Paräis. Mat senger Klass. Der 8MO3. Mat der Madame Ferreira. Si waren op den Eiffeltuerm. An hunn heemlech Béier gesoff. Owes um Zëmmer. An du sinn se zur Fënster erausgeklommen an an de Moulin rouge gaang. Do ware lauter megagäil Puten. Seet de Rui. Einfach eraklammen ... Ech kéint jo probéieren. Mee d'Kontrollere sinn anscheinend megastreng. A Flicen sinn och am Zuch ... Ech huele léiwer de Schnellzuch op Kautebaach. Do muss ech ëmsteigen. Mierkels. Paradiso. Do klëmmt ni een eraus, zu Paradiso. Muss een esouguer froen, wann een do erausklamme wëllt. Mee et freet ni een ...

Ech lauschtere Pink. Déi ganzen Zäit. Dauernd déiselwecht Lidder.

– Pink ass ganz ok.

A kucken zur Fënster eraus. Et ass schéin dobaussen. Esou schéi war et schonns laang net méi am Abrëll. Schreiwen se am *Essentiel.* Vir op der éischter Säit. Dann ass dat wuel esou. Ech hunn ni extra drop opgepasst. D'Wieder ass mer am Fong schäissegal. Mee haut ass et schéin.

Och op der Gare. An den Trape erop an d'Stad sténkt et no Piss. Wéi ëmmer. Vläicht e bësse manner wéi soss. Vläicht richen ech et manner ...

– Ech maachen et! An ech wäert kee Moment zécken!

Ech si fäheg, et ze maachen. Also maachen ech et. Et ass wierklech keng Affär. Et gëtt net vill ze plangen, wéi deemools mam Daniel. Ech ginn einfach eran, an ... Et muss schnell goen. Ech muss net lénks a riets kucken, an ..., dach, ech muss schonns lénks a riets kucken, mee ech däerf mech net oflenke loossen. D'Messer muss prett am Äermel sëtzen. Mee erausheulen däerf ech et just am allerleschte Moment. Well Panik oder esou, dat ass dee leschte Schäiss ...

Ënnen op der Kräizung fëmmen ech eng. Hei sinn ech nach net um Schoulterrain. Also däerf ech! Hei kann déi houer Lanners näischt soen. Express hu mer eis hei ëmmer higestallt. Och well déi houer Lanners esou blöd war, bis heihinner ze kommen. Wann se de Réck gedréint hat, hu mer e Schrëtt an den Haff era gemaach ... Déi houer Lanners ... No engem Joer ass se gaang ginn ...

Ech gi lues de Bierg erop. Fir net ze schweessen. D'Messerspëtzt hunn ech hannert d'Bännche vu menger Auer geklemmt. Et pickt mech dauernd an d'Handgelenk ... Wann een sech d'Oderen opschneide wëllt, da soll een dat an enger ganz waarmer Buedbidde maachen. Da spiert een et net. Bal net. An de laange Wee soll ee schneiden. Net an d'Breet. An d'Breet schneide just Looser. Déi, déi wëlle fonnt ginn. Mat

Zäit fonnt ginn. Seet d'Shirley. Ech weess nach genee, wou et war. Beim Fëmmen. Hannert dem Container. D'Shirley hat eng schwaarz Kapuzejackett un. An eng gro Turnbox. An d'Tirett vun der Jackett war op. Zimlech wäit op.

– All Kéiers, wann hatt sech gebéckt huet ...

Am Haapthaff ass keen. Dach, zwee Aarbechter, déi Placke leeën. Mee déi kucken d'Schüler net. Déi fäerten. Oder schummen sech. Hu vläicht Kanner hei an der Schoul ... Ech kucke riicht no vir. Lénks a riets si Klassesäll. Do hunn der bestëmmt soss näischt ze dinn, wéi zur Fënster erauszeglotzen. An iergendee Blödsinn ze blären. Just fir cool ze sinn. Ech géif dat och cool fannen. Mee haut net. Haut wëll ech net gesi ginn. Haut wëll ech just séier eran. A séier eraus ... Ech kéint hannen eragoen. Do hätte manner Leit mech gesinn. Mee ech wëll fir d'éischt e Bléck an de Sall vun der Auszäit werfen. Kucken, wien do ass. Ech weess dee Schäissstonneplang nach ëmmer net auswenneg. Et ass de Kerschemeyer. E sëtzt mat sengem Aasch um Pult. E schwätzt mat engem. Ech weess net, mat wiem. Duerch déi houer Panneauë gesäit ee jo näischt. De Kerschemeyer dréint de Kapp hin an hir. E schwätzt mat méi wéi enger Persoun ...

Hoffentlech ass deen houere Portier net do ... En ass do. Mee e liest d'Zeitung. Ech menge schonns, datt e gemierkt huet, datt ech erakomm sinn. Datt een erakomm ass. E Schüler. Ee vu foffzenghonnert. Dat ass him schäissegal ...

Ech ginn zweemol no riets. Et ass déi fënneft Dir ...

Et ass roueg dobannen. Den Addis mécht kee Schäiss. D'Shirley och net. Fir d'éischt wëll ech klappen. Dann ëmdréinen a goen. Bis elo ass jo näischt geschitt. A wann ech dat géif maachen, géif och näischt geschéien. Mee ... eppes muss jo geschéien. Ech drécken d'Klensch. Bleiwen an der

Dir stoen. De Kerschemeyer huet mech net gesinn. Hien ass hannert dem Panneau. Hannert dem zweete Panneau. Dem Shirley sengem. Amgaang, him eppes z'erklären. Den Addis ass ganz op säi Mathépuzzle konzentréiert. D'Spëtzt vu senger Zong stécht tëschent senge gielen Zänn eraus. Hie gesäit aus wéi en Debilen. D'Sau ass esou eppes vu schäissblöd ... *Moien!*, seet de Kerschemeyer. Ech hu mech gefrot, wat e géif soen, de Kerschemeyer, wann e mech gesäit. Einfach esou an d'Klass erakommen, a sou. Eppes wéi *Wat méchs du dann hei?* oder *Du hues hei näischt méi verluer!* Oder sou ... Mee ... *Moien!* ... Moien!, äntweren ech. Wéi en Aasch. Ech beweege mech net. De Kerschemeyer och net. Hie kuckt mech. Laacht frëndlech. Firwat ass all Mënsch esou schäissfrëndlech mat mir? Dat ass net normal ... Den Addis huet et mëttlerweil och gecheckt. D'Sau laacht och. Hie schéngt wierklech frou ze sinn, mech ze gesinn ... D'Shirley huet et nach net matkritt. Oder hatt ass dat Eenzegt, dat mech net wëllt gesinn. Ob ech net rakomme wëll, freet de Kerschemeyer. Ech maachen e Schrëtt. Een eenzegen.

– Ech kommen d'Shirley sichen!

Ah?, mécht de Kerschemeyer. Angscht huet hien nach ëmmer net ...

Wat een Aasch! D'Shirley sot dat. Hannert sengem Panneau. Hatt mengt bestëmmt de Kerschemeyer. Hatt streckt de Kapp hannert dem Panneau eraus. Hatt huet d'Hoer no hanne gekämmt. E Päerdsschwanz huet et sech gemaach. An d'Ae ganz schwaarz gefierft. *Wat wëlls de hei, du Aasch?* Elo schwätzt et op alle Fall mat mir. Ech soen him, wat ech wëll. Wat ech de ganzen Dag schonns wëll. Datt ech weess, wat ech wëll. Ganz genee. Ganz kloer. Zanter ech déi zwou ..., déi zwee Dénger mech am Réck picken.

– Ech si komm, fir dech matzehuelen ...

D'Shirley laacht. De Kerschemeyer och. *Wéi léif!*, seet dach net dat Aaschlach. Wéi wann ech dee leschten Topert wäer.

– ... wouhinner s de wëlls ...

Et ass mer immens waarm. Ech kréien net gutt Loft. Ech muss schonns nees pissen. A schäissen. Soss geet alles an d'Box. Mee ech ka mech net beweegen. De Kerschemeyer och net. Him geet et och net méi gutt. Mee hien ass bleech am Gesiicht. Net rout. Giel esouguer. Hie kuckt meng riets Hand. Ech hiewen se an d'Luucht. Gesinn d'Messer. An d'Blutt. Ech weess net, wéi d'Messer dra komm ass. D'Blutt och net. Et ass mäi Blutt. Ah, d'Handgelenk ... Net schlëmm. Ech strecken den Aarm. D'Blutt leeft mer an den Äermel. Kee Fleck um Buedem. De Kerschemeyer steet viru mer. Wann ech den Aarm ganz strecken, beréieren ech hien. Vläicht. Ganz just vläicht. Mat der Spëtzt. Mee ech beweege mech net. Bis een u mer rappt. Ech soll kommen. Et ass d'Shirley. Hatt huet seng Jackett un. Hatt zitt mech duerch de Gang. Ech kucke meng Hand. Si blutt nach ëmmer. Mee d'Messer ass net méi dran. D'Shirley muss et geholl hunn. Oder ewechgeschmass hunn. Ech weess et net. Ech weess och net, wou mer higinn. Ech loosse mech zéien. Ech kucken net op. Ech wëll net. Ech gesi just dem Shirley seng Been. A säi gäilen Aasch. Méi héich kucken ech net ... Alles ganz tusseg verpaakt. Esou ee Plastikscollant. An eng Jüpp esou breet wéi e Rimm. Ech gesinn nach Trapen. Diren, déi op an zou ginn. An op eemol si mer och dobaussen. Et ass wierklech gutt, dobaussen ze sinn. Ech muss just därmoossen op d'Toilette. An hunn esou Loscht, eng ze fëmmen. Ech soen dem Shirley dat.

– Ech hu Loscht, eng ze fëmmen!

An dann och nach, datt ech frou mat him sinn ... Hatt huet näischt héieren. Hatt rappt weider u mir. Ech rappe mech lass. Ech loosse mech dach net vun enger Tussi esou duerch d'Landschaft zéien! Den Johnny géif mech veraarschen. An hien hätt recht. Et wonnert mech iwwerhaapt, datt hien nach näischt gesot huet. Ech fänke mer eng Zigrett un. Kucke mol, wou mer iwwerhaapt sinn. Kucken d'Shirley. Riicht an d'Aen. Hatt ass rose wéi eng Sau. Mee dat ass mir schäissegal. Hatt seet näischt. Geet an de Kierfecht eran. Ech waarden e bëssen. Da ginn ech him no.

Zéng

Ech schäissen net gär dobaussen. Et ass alles vill méi komplizéiert. Vill méi ustrengend. Mee et huet elo misse sinn. Hei, niewent dat Haus, dat hannen um Kierfecht steet. Eng Kapell oder esou. Do, wou se drastinn, wann ee begruewe gëtt. Esou wéi deemools de Serge. De Monni Serge. Dem Sandra säi Brudder. En ass mam Auto riicht an de Bam gerannt. E Golf V6 hat d'Sau. 300 Päerd! Ech sinn e puermol matgefuer. Esou cool war dat! Virun allem mat de Boxen ënnert de Sëtz. De Bass, deen huet der richteg an den Träipe gewullt ... An du war d'Sau dout. Einfach riicht an de Bam. Mat 180. Mindestens 180!, soten d'Flicen. Gesoff hat en och. Awer net vill. Net genuch, fir einfach esou an de Bam ze rennen, op riichter Streck. Et wär och vläicht e bëssen express gewiescht ... D'Sandra huet gekrasch ... Esou frou war et net mat sengem Brudder, mee bon ... Ech war och traureg. E bëssen ..., esou gutt hunn ech de Serge jo net kannt ... Mee et ass iergendwéi ustiechend: Wann all Mënsch pinscht, dann ... Ech war jo och nach kleng ... 12 oder esou. Zanterhir ass kee méi gestuerwen ...

Et geet mer erëm besser. Vill besser! An d'Blutt ass och fort. Ech hunn e Krunn mat kalem Waasser fonnt ... Ech muss kuerz d'Schlappe verluer hunn. Ech ka mech net méi richteg erënneren, wat ech gemaach hunn. A wat ech net gemaach hunn ...

Firwat ech dem Kerschemeyer net d'Messer an d'Panz gerannt hätt?, wëllt d'Shirley wëssen. *'t wär bestëmmt cool gewiescht! Et hätt bestëmmt gesprutzt an esou ... Jo,* hunn ech gesot. Mee de Kerschemeyer wär dach fein ... *Jo,* huet hatt fonnt. De Kerschemeyer wär schonns ok ..., mee cool wär et trotzdeem gewiescht! *Jo,* soen ech. *Dat wär schonns cool gewiescht ...*

Da seet kee méi eppes. D'Shirley sëtzt op engem Graf. D'Shirley fëmmt. D'Shirley kuckt mech komesch. *Wat?,* soen ech endlech. Zimlech haart. Zimlech aggressiv. E bëssen esou, wéi wann den Johnny et géif soen. E bësse mat därselwechter Stëmm och. D'Shirley ass net erstaunt. Den Johnny géif him net Angscht maachen. Net esou liicht op alle Fall. Ob dat alles géif stëmmen?

– Wat?

– Alles, wat s de gesot hues?

– Wat hunn ech gesot? Wéini? Wou?

– Éinescht. An der Schoul. An um Wee fir heihinner ...

– Wat?

– Erënners de dech net méi?

– U wat? Nee ..., dach ..., jo ...

– Wat ... jo?

– Jo, dat stëmmt schonn ...

– Jo?

– Jo!

– Alles?

– Wat alles? Jo ...

– Du veraarschs mech!

– Neen ...

– Wierklech net?

– Neen ..., et ass ..., ech hunn ..., ech hunn esou Chicken Wings ...

– Chicken Wings?

– Jo ..., hannen um Réck ..., an ... an deene Lächer, déi ..., déi s du mir ...

– Ah ... Weis hei!

– Jo ..., neen ..., net hei ...

Ob ech gär e Kuss hätt? Ech rëselen de Kapp. *Wat maache mer dann, du Aasch?* Freet d'Shirley. Hatt steet op a klappt sech d'Gras vu sengem Collant.

– Wa mer hei bleiwen, da fannen d'Flicen eis direkt. An da bass du och direkt zu Dräibuer. Mech hues de gezwongen, matzegoen. Dat gleewen se vläicht. Mee éischter net. Da schécken se mech op Schraasseg. Do kréien ech der an d'Schnëss ... An iwwregens, zu Dräibuer, do gees du voll an den A ...

– Ech weess ... Mee ech ginn net op Dräibuer. An du net op Schraasseg ...

Ok, seet d'Shirley. An dat ass alles. An et kuckt mech. Einfach esou. Net frech. Net esou zockerséiss verlugen. Dat kann hatt jo och esou gutt. Och net esou nutteg gäil. Einfach esou. Esou wéi Meedercher a sengem Alter wuel kucken. Also, normal Meedercher. Vun normalen Elteren ...

– Phantasialand!

– Hä?

– Komm mir ginn an d'Phantasialand!

– Firwat an d'Phantasialand?

– Am Walibi war ech schonns ..., an du soos, mir géife goen, wouhin ech wéilt ...

– Jo, mee ...

– Du soos!

– Jo ..., ok ...

Dunn hat ech et u mir hänken. D'Shirley. Hatt huet mech ganz fest gedréckt. A gekusst. Näischt Schläimeges. Einfach esou. Fest op de Mond. Ech konnt näischt soen. Wat hätt ech och sollte soen?

Eelef

Et sténkt no Piss. An no kalem Béier. An no Zigretten. A kal ass et och. Mee dofir dréchen. D'Matrass ass megarëffeg. Mee op eemol war mer dat och egal. Ech hu mech drop geluecht. Op de Bauch. D'Gesiicht op meng Äerm. Nëmmen net un d'Matrass kommen. Nëmmen net drun denken, wat a wien do schonns alles drop ausgelaf ass. Déi zu Köln huet ähnlech geroch. Mee deemools war mer dat egal. Vläicht och just, well alles nëmme vu mir war ...

Déi al Fabrik, dat war meng Iddi. Vun elo u maache mer, wat ech soen. An déi al Fabrik, dat ass besser wéi näischt. D'Fënstere sinn zwar all futti, mee et reent net eran. An haut ass och soss keen do. D'hallef Schoul kënnt heihinner. Virun allem kleng Pisserten. Fir ze fëmmen. Ze saufen. Pornoen ze kucken an sech een ze wichsen. D'Flicen kennen d'Plaz och. Si hunn eis schonns e puermol erausgedämpt. Et wär verbueden, soen se. Well geféierlech. Baufälleg. A lauter gëftege Stëbs ...

– Wéini gi mer dann an d'Phantasialand?

– Muer ...

– Seriö? Wéi cool!

D'Shirley sëtzt niewent mir. Seng Hand heemelt mir de Réck. Heemelt ass e bëssen iwwerdriwwen. Si geet hin an hir, e bësse mechanesch ... D'Shirley ass net ganz bei der Saach. Wéi ech hatt gefrot hunn, ob et meng ..., meng Dénger am Réck géif spiren, huet hatt just Hm! gemaach ... Hatt ass mat de Gedanken ganz wäit fort. Vläicht am Phantasialand. Vläicht bei senger Mamm. Vläicht ass säi krankt Gehir och einfach am Moment aus ... Dat ass mir am Fong schäissegal ..., esoulaang seng Hand weider hin an hir iwwert mäi Réck fiert ...

– A wéi gi mer dohinner? An d'Phantasialand ...

– Mam Auto. Wéi soss?

– Aha ...

Dat soll cool kléngen. Kléngt et awer net. D'Shirley ass einfach paff. Esou paff, datt hatt et net verstoppt kritt. Fir d'éischte Kéier! Fir d'éischte Kéier, datt hatt mech fir e Macker hält. E richtege Macker!

Ech soen näischt. Loossen hatt schwätzen ...

– Ech si midd ...

Ech och. Mee ech soen et net. Ech soen näischt. Déi Cool, déi soen näischt. Oder ganz wéineg ...

D'Shirley stéisst mech an d'Säit. Ech soll Plaz maachen. Ech soll mech gefällegst op d'Säit dréinen ... Hatt leet sech widdert mech. Ganz fest. Wéi d'Läffelcher bei eis am Tirang. D'Sandra leet se ëmmer esou. Esou een an deen aneren. Ganz fest widderenee gepresst. Esou op d'Kant. Esou fest, datt se net ëmfale kënnen. D'ganzt Haus gesäit aus wéi e Saustall, mee d'Läffelcher, déi leet d'Sandra ganz ... Jee, esou huet d'Shirley sech och geluecht. Ganz fest widdert mech. De Kapp op mäi lénken Aarm. Säi Réck widdert meng Broscht. Säin décken Aasch widdert meng ..., widdert mäin ... A mäi rietsen Aarm huet et ëm sech gewéckelt a meng Hand ënnert seng Blus gestach. Op säi plakege Bauch. Ganz mëll a schwabbeleg war en. A megawaarm. Ech wollt meng Hand ewechzéien, esou waarm war en. Mee d'Shirley huet se net lassgelooss. Ganz fest huet hatt se gehalen. An esouguer e bësse méi erofgedréckt. Bis meng Fangerspëtzen ënnert dem Lastik vum Collant ageklemmt waren ... Dunn ass et mir och waarm ginn. Esou waarm. An esou haart. Esou haart, datt et mer wéi gedoen huet. D'Shirley huet dat gemierkt. Hatt seet näischt. Keng domm Remarquen oder esou. Hatt dréckt sech just nach méi fest widdert mech.

– A wou kréie mer en Auto hir?

– Hä? ... Ah, dee fanne mer schonn ...

– Du wëlls soen, dee klaue mer schonn ...

– Wat? ... Jo, muer klaue mer en Auto, an ...

– Cool!

– ... an da fuere mer an d'Phantasialand!

– Cool! ... Ass et wäit?

– Wäit? Wäit ... euh, nee ... Neen, et ass net wäit.

– Wéi wäit net wäit?

– Oh, net wäit ..., esou zwou, dräi Stonnen, mengen ech ...

– Wéi, *mengen* ech? Weess du net, wou d'Phantasialand ass?

– Dach, dach! An Däitschland. Bei ..., bei Köln. Et ass just ..., ech mengen, et hänkt of vum Verkéier, wéi laang et dauert bis ..., bis dohinner ...

– Jo ..., kloer ... War s du schonns eng Kéier do?

– Ech? Neen ...

– An zu Köln?

– Zu K ... Firwat .... ? Wat hätt ech dann zu Köln gemaach?

– Näischt ..., einfach esou. Ech froe jo just ..., wéinst dem Wee ... Ech mengen ... Weess du, wéi mer musse fueren?

– Neen, mee dat ass kee Problem. Mir klauen einfach en Auto mat engem Navi. A wéi een deen astellt, dat weess ech!

Ech wär esou cool! Sot d'Shirley. A gelaacht huet et. Richteg léif gelaacht. A meng Äerm fest widdert sech gepresst. An dunn huet et näischt méi gesot. Iergendwann ass hatt dunn ageschlof. Ech weess net méi genee, wéini.

An och net genee, wéi laang. Mee laang op alle Fall. Et ass däischter ginn dobaussen. An heibannen och. Et ass kee komm. Dat wonnert mech. Keen, deen no der Schoul just eng fëmme wollt. Oder just e puer Fënstere futti schéissen ... D'Flicen sinn och net komm. Déi missten eis dach sichen. Dës Kéier op alle Fall. Entféierung mat Waffegewalt. Dofir missten d'Flicen mech dach sichen. Ausser, de Kerschemeyer huet dat anescht gesinn. Ausser, et war net esou schlëmm. Ausser, déi houer Molitors wëllt kee Gedäischs maachen. Sou nom Motto „Bei äis ginn et keng Messerpickerten". Mee vläicht sichen d'Flicen eis jo trotzdeem. Iwwerall. An der Stad. Zu Ettelbréck. Just net hei. Well si esou blöd sinn. Oder well si mengen, mir wären net esou blöd, fir eis hei ze verstoppen. E puer honnert Meter niewent der Schoul. Esou blöd si mir net. Mir hunn eis Handyen ausgemaach. Ganz. Da kënnen se eis net fannen. Dat hunn ech am Fernseh gesinn. Et ass mir kal. Schwäikal. Just hannen. D'Genéck. Den Aasch. An d'Féiss. Virun allem d'Féiss. Zwee Stécker Holz. Ech kann se net beweegen, soss erwächt d'Shirley ... Dat ass jo net normal ..., esou vill ze schlofen ... Mee hatt hält mech waarm. Vir. Meng Nues zum Beispill. Ech hunn ëmmer eng kal Nues. Ëmmer. Dat ass dat Éischt, dat kal gëtt bei mir. Elo ass se waarm. Ech stiechen se dem Shirley ënnert d'Hoer. Hannen an d'Genéck. Just do, wou d'Hoer ophalen. An do gëtt se ganz waarm. Gliddeg esouguer. Esou wéi meng Droscht. A mäi Bauch. Wéi wann ech voller gliddeger Grompere wier. An déi ganz Hëtzt, déi zitt duerch de Réck eraus.

Duerch d'Lächer am Réck. Wéi ..., wéi wann d'Dénger se géifen opsaugen. An ëmmer méi grouss ginn ... Wéi mäi Schwanz. Ageklemmt tëschent dem Shirley sengen Aaschbaken. Déck a steif. Ëmmer nach. Oder schonns erëm. Well ech därmoosse pisse muss. Mee ech kann näischt maachen. Just hei leien. An d'Shirley unhalen. An hoffen, datt et erwächt ...

Zwielef

– Et ass mer kal!

– Mir och.

– Ech sinn hongreg!

– Ech och.

– Du hues gesot, mir géifen an d'Phantasialand fueren!

– Muer. Muer fuere mer ...

– Ass nach net muer?

– Neen. Et ass just däischter.

– Hunn ech laang geschlof?

– Weess net. E bësse schonn ..., eng, zwou Stonnen ...

– Et ass mer kal ...

– Mir och.

– ... an ech muss pissen. Ganz dréngend.

– Ech och ...

– Wou kann een hei ...?

– Wat?

– Pissen! Wat soss?

– Iwwerall! Wou s de wëlls ...

– Ass keng Toilette hei?

– Dach, mee déi ass esou eppes vu ruppeg. Vollgeschass an esou. Piss einfach dohannen an den Eck.

– Du däerfs net kucken!

– Ok. Ech pissen einfach an deen aneren Eck ...

– Wou?

– Dohannen. Gesäis de?

– Du bleifs awer hei?

– Natierlech. Ech gi just dohannen an den Eck ...

Ech hunn näischt gesinn. Ech hunn och net probéiert. Ech gesinn och net, firwat. Ech verstinn net, wat do esou gäil soll dru sinn: enger Pute nokucken, wéi se pisst ...

– Ech hunn Honger!

– Ech och.

– D'Tankstell ass dach just hei niewendrun, në?

– Ech hu guer kee Fric méi ...

– Ech och net. Mee mir musse jo net bezuelen.

– Ëm dës Zäit ass ni e Mënsch do. Do fält dat voll op, wann s de probéiers ze klauen ...

– Mir hu jo e Messer!

D'Shirley hat et also wierklech matgeholl. A senger Posch stécht et. Hatt fuchtelt domadder erëm. Mécht *Hu!* a *Ja!* an esou. Wéi an de Karatefilmer ...

– Ech rennen et där hannert der Téik an d'Panz an dann huele ... Nee, besser, ech schneiden hir d'Strass op, da sprutzt dat esou eraus ..., d'Blutt, weess de? ... Esou a Stéiss ..., an dann huele mer d'Suen an der Keess a Schokla an e puer Fläschen an ... Wat?

– D'Flicen sichen eis ...

– An?

– Dann ass et vläicht keng esou eng gutt Iddi, sech op der Tankstell ze weisen. Do gëtt alles dauernd gefilmt an esou ...

– Du hues Schiss!

– Guer näischt!

Ech hu gebirelt. Ech sinn och e Schrëtt op d'Shirley duergaang. Ech hunn och meng Hand gehuewen. Déi riets Hand. Firwat, weess ech net genee. Net fir ze schloen. Ech mengen net. Éischter, well et mech bäisst. Am Réck. Riets. Awer och lénks. Et dréckt richteg. Aus de Schëlleren eraus. Dat mécht mech nervös. D'Shirley mierkt dat. Hatt hält op, mech ze veraarschen. Direkt. Mee datt et hongreg ass, dat seet et elo well fir d'drëtt. Ech muss eppes maachen. Iergendeppes ...

– Ech ruffen dem Nat ..., der Madame Steines un ...

– Der Steines? Déi rifft direkt d'Flicen!

– Ech weess net ... Ech mengen net. Si ass net esou gutt mat de Flicen ...

D'Shirley seet näischt. Ech weess net, firwat. Et ass esou däischter, datt ech säi Gesiicht net méi gesinn. Vläicht motzt et. Vläicht ass et jalous. Vläicht weess hatt net méi, wat maachen. Vläicht ass et u mir, eppes ze maachen ...

– Ech ruffen elo un ...

– ...

– Wou sidd dir?

Den Telefon hat net eng Kéier geschellt.

– Wou sidd dir?

Rosen. Awer och e bësse besuergt. Richteg besuergt.

– Rufft net d'Flicen ...

– Wou sidd dir?

– Ech wëll net op Dräibuer ...

– Wou bass de? Merde!

– ... an d'Shirley net op Schraasseg ...

– Ech ruffen net d'Flicen. Wou sidd dir?

– ... et ass him kal. Dem Shirley. A mir och ... Rufft net d'Flicen, wannechglift ...

– Ech kommen iech sichen. Wou sidd dir?

– Ouni d’Flicen?

– Ouni d’Flicen ...

– Versprach?

– Versprach! Wou sidd dir?

Ech hunn him et gesot. Gesot, mir géifen hannert der Fabrik waarden. An zwanzeg Minutten war d’Nathalie do.

Dräizeng

Ech hätt net geduecht, datt et esou géif goen. Esou, wéi d'Nathalie gesot hat. Versprach hat. Mee et ass esou gaang. Keng Flicen. An och kee Gebierels. Mol keng Virwërf. Am Auto huet keen eppes gesot. Ech wollt eppes soe wéi *E coolen Auto hutt dir!*, mee ech hunn et sigelooss. Obwuel ech e wirklech cool fannen. Esou e roude Seat. Mat enger deierer Anlag ... Schued, datt se aus war ...

D'Nathalie wunnt zu Wëntger. An esou engem Appartement. Am Trapenhaus richt et nach voll no nei. Mir hu misse lues maachen. An d'Schong ausdoe fir eran. D'Mauere sinn orange a wäiss. An et ass voller Planzen. A propper um Buedem. Esouguer an der Kichen. A soss keen do. D'Nathalie schéngt kee Frënd ze hunn. Am Moment op alle Fall.

D'Shirley soll an d'Dusch. Seet d'Nathalie. Well et him nach ëmmer kal ass. An eng gutt waarm a laang Dusch! D'Shirley mault net. Hatt geet einfach. Ech kréien eng Taass Téi. Ob ech Zocker oder Mëllech wéilt? Ech weess et net. Ech hu jo nach ni Téi gedronk. Mee dat soen ech net. Ech soen einfach *Nee*. – *Nee merci!*, seet d'Nathalie. *Nee merci!*, soen ech séier. A gi rout. D'Nathalie laacht. Ech kucken seng Titten a ginn nach méi rout. Dofir kucken ech séier de Kichendësch. D'Nathalie léist mech eleng. Ech héieren Diren op an zou goen. Schafendiren, déi geknuppt ginn. D'Dusch, déi leeft. An dem Nathalie seng Stëmm. Wann ech un d'Nathalie denken, da kréien ech bal ëmmer e Steiwen. Meeschtens stellen ech mer vir, wéi mir et mateneen dreiwen. Heiansdo stellen ech mer awer och vir, d'Nathalie wär meng Mamm. Oder wéinstens meng grouss Schwëster ... An dann ..., dann ass et anescht ..., et wär och alles anescht ginn, wann ...

– Ech hunn dem Shirley e puer vu menge Saache ginn ... Saachen, an déi ech net méi rapassen ...

D'Nathalie laacht schonns erëm. Ech sinn nach ëmmer rout am Gesiicht.

– Bass de hongreg?

– Jo. Mega ...

– Da komm an hëllef mer!

Ech hu mer missen d'Hänn wäschen. D'Schiertech hunn ech net ugedoen. Ech hu missen en Dëppe mat Waasser fëllen. Mat waarmem Waasser. A Salz dra maachen. Grafft Salz. En Zoppeläffel esou. Knuewlek an Ënnen huet d'Nathalie geschielt a kleng gehackt. Well dovunner muss ee kräischen. An hatt wéilt seng Schüler jo net kräischen doen. Sot hatt. Ech mengen, dat war e Witz. Ech hunn dann och iergendwéi gegrinst. Ech hu missen Tonne Geméis kleng schneiden a wäschen. Tonnen! Also Tonne verschidden. A bei allem krut ech ëmmer gesot, wéi dat heescht. An deem blöden Toun, wéi d'Proffen ëmmer mat engem schwätzen. Wéi wann een e Gehirkrëppel wier. *Dat ass eng Courgette. Ët seet een och Zucchini. An dat ass Broccoli. An dat ...* Et ass alles, datt ech et net hu misse widderhuelen ... Ech hunn näischt gesot. Sinn emol net richteg rose ginn. 't war jo vläicht emol net express. Proffen, Educatricen ..., déi sinn all esou ...

D'Nathalie huet alles an eng Pan geklaakt. An dono nach Tomatenzooss dobäi. An Nuddelen an d'Waasser, wéi dat gekacht huet. An dunn hu mer eng Cola gedronk. Ech hunn näischt gesot. D'Nathalie och net. Gutt, datt dunn d'Shirley opgedaucht ass.

Seng Hoer waren nach ganz naass. An houngen him an d'Gesiicht. A vun de Spëtze sinn dauernd kleng Drëpsen op seng wäiss Blus gefall an hunn däischterduerchsiichteg Flecke gelooss ..., um Nathalie senger Blus am Fong. Eng vun dem Nathalie sengen duerchsiichtege Blusen. Si war dem Shirley ze grouss. Virun allem vir. Do krut hatt se net esou richteg gefëllt. Dofir huet et se awer grad esou grouss opstoe gelooss ... An d'Jeansbox huet och just mat engem Rimm gehalen ...

D'Shirley huet direkt ugefaang, mam Nathalie ze quatschen. Esou voll op Kolleg, esou. An domm ze laachen. A geduuzt huet hatt d'Nathalie och nach. An dat huet näischt gesot. Guer näischt. Just e bësse gegrinst. Esou wéi d'Leit grinsen, wa meng M ..., wann d'Sandra schwätzt. Esou e bësse genéiert an e bësse Matleed ...

– D'Iessen ass fäerdeg!

– Kënne mer nach séier eng fëmme goen?

– D'Nuddele sinn eraus ...

– Dajee, Nathalie! Bitte ...

– Ok. Mee um Balcon. Ech komme mat ... Wëlls du och eng?

Natierlech wëll ech och eng! Mee dat Ganzt ass mer ëmmer méi louche. Esou saufrëndlech ka kee sinn. Ech hunn de Kerschemeyer mat engem Messer bedrot, mir sinn ugedréckt ... An d'Nathalie fiddert eis mat Nuddelen an Zigretten ... Hatt wëllt eis roueg halen, bis d'Flice kommen. Vläicht ass eppes am Iessen fir ..., fir ..., ech weess och net. Mee eppes ass louche. Esou fein ass keen. Net mat ..., mat mir ... an och net mam Shirley, der klenger Pute ..., obwuel, Pute ..., ouni Schmink gesäit et wierklech aus wéi dräizeng ...

D'Nuddele schmaachen ze vill no Geméis. Mee mat vill Kéis drop geet et. An hongreg sinn ech jo och. D'Shirley och. Mee dat stéiert hatt net beim Schwätzen.

– Hues de kee Frënd?

– Am Moment net, nee ...

– Mee du has awer schonns een, hä?

– So hä ..., fir ween häls de mech! Natierlech hat ech schonn „ee Frënd"! A méi wéi een, wann s de et wierklech wësse wëlls ...

– Neen ... Sorry ... Dat war net esou gemengt ... An elo ..., an elo ..., wëlls de keen oder wéi?

– Jo ..., soe mer, ech sinn net presséiert, een ze fannen. Ech gi ganz gutt eleng eens ...

– Jo, hä? Et sinn lauter Aarschlächer, hä?

– Wien, Shirley?

– Maja, d'Typen eben ...

– All? Dat ass vläicht e bëssen ... Et sëtzt jo och een ..., een Här hei um Dësch, an deen ...

– All! Denken all nëmmen un datselwecht! Wëllen all nëmmen datselwecht, an zwar ...

– Wéi weess du dat dann, Shirley?

– Ech hat dat schonn. Méi wéi eemol! An du dach och, oder?

D'Nathalie seet näischt. Huet erëm säin Educatricesbléck drop. Hatt ka wuel net anescht. Net méi wéi fënnef Minutten deconnéieren ...

– Du ... Dir hutt e coolen Auto ...

– Mmh?

– Ären Auto ..., dee rouden ..., deen ass cool!

– Ah jo ... Merci ... Mécanicien, géif dat der dann näischt soen?

– Hä?

– Autosmécanicien, wär dat näischt fir dech?

– Bah ... jo, vläicht ..., firwat net ...

– Ma ja, wann s de dech och nëmmen e bësse rappe géifs ..., wann s de géifs ophalen, dauernd Schäiss ze bauen, dann ...

– Hie ka schonns fueren!

– Jo? Stëmmt dat?

Do ass e schonns erëm. Dee Schäiss-Ech-schwätze-mat-engem-Gehirkrëppel-Toun ...

– Jo ..., geet esou ...

– Wat heescht dat, *geet esou*? Du hues gesot ..., du hues versprach, datt mer an d'Phantasialand fueren! Muer!

Wat eng Kou! Wat eng kourommeldomm Kou! Einfach alles esou verroden ... Et gëtt mir op ee Schlag ganz waarm. Ech muss knallrout gi sinn. An déi kleng Pute, déi sech net gëtt. *Du has mer versprach! Versprach! Versprach!* ... An d'Nathalie laacht. Och elo nach dat Gehirkrëppelslaachen ...

– An d'Phantasialand? Muer? Dat ..., dir sidd wierklech ..., wierklech ...

Seng Titten sprangen op an of. Hatt muss se unhalen, datt se net op den Dësch klaken. An d'Shirley, déi Toz, laacht mat ...

– ... A mat wéi engem Auto wëllt dir da fueren?

– Léins du eis däin?

– Immens ..., einfach immens ..., dir ....

– Bitte! Bittebitte, Nathalie!

– Also ..., einfach ....

– Du kanns och matkommen! A selwer fueren!

– Ah, jo? Villmools merci! Ganz fei vun iech! Mee ech hu Schoul muer ... Schoul, verstitt der? An dir iwwregens ...

– Da fuere mer eben eleng!

– Eleng? Mat mengem Auto?

– Jo!

– Jo, kloer ... An de Wee? Du kanns bestëmmt eng Kaart liesen, hä?

– Du hues bestëmmt e GPS ...

– E GPS? Ma jo sécher ... Fir d'éischt den Auto an dann och nach de G ...

– Wou ass däi GPS?

– Et ass ëmmer alles esou einfach fir iech. Dir wëllt an dann hue...

– Wou ass däi GPS?

– 't ass gutt elo ... Kommt, hëlleft mer ofraumen. Ech mengen, ech hunn nach e bësse Vanillesglace, wann een ...

– Wou ass däi SchäissGPS?

D'Nathalie steet. Mat sengem knaschtegen Teller am Grapp. D'Shirley huet näischt. Hatt steet just. Virum Nathalie. Bal d'selwecht grouss. Awer nëmmen hallef esou schwéier.

– Et geet elo duer. Du hëls elo däin Teller a bréngs mir en an d'Kichen.

D'Nathalie huet lues geschwat. A fein. Awer och ganz kloer. Ech hunn all Buschtaw héieren. Wéi ..., ech weess och net, wéi ..., ganz kloer eben. Hatt dréckt d'Shirley op d'Säit. Lues. An duuss. Ganz duuss. Awer och ..., kloer eben. D'Shirley kënnt zréck un den Dësch. Hatt hëlt säin Teller.

– Wou ass däi SchäissGPS, du al Houer?

D'Nathalie krut sech net ganz ëmgedréint. Den Teller trëfft hatt esou säitlech. Beim Ouer. D'Nathalie fält no vir.

Awer net ganz. Hatt kritt sech un der Dirrumm ugehalen. Hat steet nach, wéi d'Shirley widder hatt geflu kënnt. D'Shirley birelt *Al Houer! Al Houer!* An engem Stéck. D'Nathalie fält hannertsech an d'Kichen. D'Shirley uewendrop. *Al Houer! Al Houer!* D'Shirley huet dem Nathalie seng Hoer fest am Grapp. A schléit hatt mam Hannerkapp op d'Plättercher. Esou am Rhythmus. *Alhouer – Alhouer – Alhouer ...* Bis d'Nathalie him eng klaakt. Eng an d'Gesiicht facht. An him de ganze Bak zerkraatzt. D'Shirley fält op d'Säit. An d'Nathalie sëtzt direkt op him. Mat sengem ganze Gewiicht. Hatt hält d'Shirley bei den Handgelenker an dréckt et op de Buedem. Seet him, et soll ophalen. Dach endlech ophalen. D'Shirley hält net op. Hatt birelt einfach weider. Schonns ganz hees. Mee nach ëmmer datselwecht. *Al Houer! Al Houer! Al Houer!* Dotëschent späizt et. Dem Nathalie an d'Gesiicht. A probéiert et ze bäissen. Oder him e Coup de boule ze ginn. Ech huelen d'Colasfläsch. Déi vun annerhallwem Liter. Si ass nach zimlech voll. Ech schrauwen de Stop drop. Fest. Ech schloen dem Nathalie se an d'Genéck. Eemol riets. Eemol lénks. Hatt fält no vir. Op d'Shirley. D'Megatitte voll an d'Gesiicht. Ech schloe weider. Eemol riets. Eemol lénks. Esou fest ech kann. Et mécht bal kee Kaméidi. Ech zielen och mat. Verléieren awer iergendwann de Fuedem. De Cola schaimt mega an der Fläsch. An uewen zischt et voll. An e bësse kënnt och eraus. Pecht un de Fangeren. Eemol riets. Eemol lénks. Ëmmer op déiselwecht Plazen. Hannen an d'Genéck. Niewent d'Oueren. Meng Hand pickt. Se ass bluddeg. Näischt Schlëmmes. Zwou Bloderen, déi opgefuer sinn. An dat pickt. Bestëmmt wéinst deem pechege Cola.

D'Shirley fiert weider. D'Shirley. Hat hatt ganz vergiess.

Ënnert dem Nathalie. Hatt huet sech wuel erausgestruewelt. Iergendwéi. An elo rennt hatt d'Nathalie mam Fouss. An d'Säit. An elo, nodeems ech opgehalen hunn, och an de Kapp. Mee wéinstens ass et roueg.

Ech hunn Duuscht. Schrecklech Duuscht. Ech brauch e bëssen, bis ech d'Colasfläsch opkréien. Mat der lénker Hand. De Cola ass wootlech. A verläscht. D'Shirley hält sech drun. Bei all Trëtt schwabbelt dem Nathalie säi ganze Kierper. Iergendwéi witzeg. An iergendwéi och net. Ech weess net ...

– Ass se dout?

D'Shirley huet opgehalen. Steet niewent dem Nathalie.

– Dout? Neen, ech mengen net ...

– Ech mengen, ech mengen ... Du mengs ëmmer nëmme just! Ass se dout, jo oder nee?

– Ech weess net, mee ...

– An dat Blutt do, hä? All dat Blutt do ënnert hirem Gesiicht. Si ass bestëmmt dout ...

– Blutt, dat heescht näischt! Weess de nach, dee Vull am Utopolis? Deen huet och geblutt wéi e Rand, mee deen hat näischt. Guer näischt! Weess de?

– Jo ..., schonn ..., mee si beweegt sech och net méi. Guer net méi ...

– Also k.o. ass se schonns ..., mee net dout ...

– Musse mer se net ëmdréinen?

– Wéi ..., ëmdréinen?

– Ma ja, mam Gesiicht no uewen. Da gesi mer jo, ob se d'Aen op huet ..., ob se otemt ...

– Léiwer net. Wann ee verletzt ass, da soll een sech net beweegen. Esou mann wéi méiglech ...

D'Shirley wénkt jo mam Kapp. Hatt dréint sech ëm a geet aus der Kichen eraus. Ech ginn him no. Niewent der Dir hänkt e Schlëssel op engem klenge Krop. Et probéieren en aus. Et ass dee vun der Kichendir. Ech spären se zou. Zweemol.

Véierzeng

Am Stuffeschaaf ass Whisky. A Wodka. An esouguer Passoã. Ech huelen eng gutt Schlupp. Zwou. D'Shirley och. An dann ech erëm. Dono ass d'Fläsch hallef eidel.

– Gi mer elo?

– Wouhin?

– An d'Phantasialand! Wouhi soss?

– Et ass nach ze fréi. Dat geet eréischt ëm néng oder zéng op ...

– Wat maache mer dann?

– Ech muss e bësse raschten ...

– A wat ass, wann hatt erwächt?

– Dat erwächt net esou séier ...

– Et ass dout, hä?

– Neen, ech sot just, datt et net esou séier erwächt.

– Jo, mee wann?

– Ech hunn d'Dir zougespaart.

– Jo, mee ..., wann hatt ufänkt, Kaméidi ze maachen? Un d'Dir ze knuppen? A säin Handy ...

– ... läit hei um Dësch. Komm, mir sichen elo dee GPS. An du ..., du hues nach e bësse Blutt do ...

D'Shirley fiert sech duerch d'Gesiicht. Doduerch gëtt et net besser. Just méi verschmiert.

An der Stuff ass näischt. Mir hunn all d'Schief an all d'Tiräng duerchwullt. Am Büro ass esou en Duercherneen ..., alles voller Bicher an esou. A lauter Äschebecher. Kee GPS. Awer dofir eng hallef Staang Zigretten. Mir maachen eis direkt eng un. An déi aner Päck stieche mer an.

D'Nathalie huet e grousst Bett. Riseg. Ech passen an der Breet ganz dran. D'Shirley pucht sech niewent mech. Ech fléie voll an d'Luucht. Hatt fënnt dat voll komesch. Ech stinn op a sprangen mat zwee Féiss um Bett hin an hir. D'Shirley flitt vu riets no lénks a quiitscht wéi e Fierkel um Spiiss. Et ass mir nees voll waarm.

Am rietse Nuetsdëschtirang si Pabeiersnueschnappecher. A Pëllen. *Bestëmmt Antibabypëllen*, mengt d'Shirley. *Bestëmmt*, soen ech. An de GPS. An e klenge Fotoapparat.

– Wouah! Check emol dat hei!

D'Shirley huet dee lénke Nuetsdëschtirang opgemaach. Hatt hält eng Pistoul an der enger Hand. Kleng. Sëlwereg. An ee schwaarze Plastiksstaf.

– Wat ass dat?

– Eng Pistoul. Mee keng ganz richteg. Vläicht just Tréinegas ...

– Net dat! Ech weess dach, wat eng Pistoul ass! Neen, dat!

Hatt stécht mer den Dildo bal an d'Aen.

– A dat? Ech ..., ech weess net ...

– Gesäit aus wéi e Schwanz, hä?

– ...

– Also een décke, steiwe Schwanz ...

– Wann s de mengs ...

– Däi gëtt wuel net esou grouss ...

Ech kucken d'Shirley. Hatt läit um Bett a wénkt mam Dildo. A weess emol net, datt et en Dildo ass. An huet awer direkt erausfonnt, firwat et ass. Eng kleng Pute. Esou laacht et och. Eng kleng Pute mat Blutt am Gesiicht.

– Wëlls de buppen?

– Wéi ...?

– Wat wéi? Buppen eben. Fécken. Mir musse jo souwisou nach waarden ... Wéivill Auer ass et?

– Äh ... 23 Auer 42 ...

– A wéini fuere mer?

– Äh ..., esou géint siwen ...

– So, solle mer net de GPS elo programméieren? Da wësse mer genee, um wéivill Auer mer fortfuere mussen. Et wär cool, wa mer ukommen, just wann et opgeet. Dann ass nach kee Mënsch op de Spiller! Da brauche mer net Schlaang ze stoen! Mëttes si bestëmmt Tonne Leit do ...

Den Navi se programméieren ass zimlech einfach. Ech hat dat schonns gemaach. Fir op Nenneg ze fueren zum Beispill. D'Sandra war ganz stolz op mech. Mol eng Kéier. Komesch, datt ech elo un hatt denken. Hu säit de Mëtteg net un hatt geduecht. Mee hatt wuel och net u mech. Ausser d'Flice waren do. Dann ass hatt elo voll genervt ... D' Shirley knéit hannert mer um Bett. Kuckt mer iwwert d'Schëller. Seng Titten spiren ech am Réck. Do, wou ech ..., wou déi Dénger wuessen. D'Shirley schéngt dat net ze stéieren. Hatt ass ganz op de GPS fixéiert. Hatt hätt gär eng Männerstëmm. A Franséisch soll se schwätzen. Franséisch verstinn ech net esou gut. Mee ech soen näischt. Denke just u mäi Schwanz. Schlapp a verschrompelt ass en. Esou schlaff, datt ech emol net spiren, ob en iwwerhaapt do ass. Ech spiren dem Shirley seng Titten, mee mäi Schwanz spiren ech net. Ech denken um Rui seng Pornoen, stelle mer d'Shirley am Plaz vun deenen anere Pute vir ... Guer näischt. Just waarm gëtt et mer. Waarm a schlecht ...

– Eng Stonn an 52 Minutte nëmmen! Da fuere mer ëm ... Waart! So näischt! ... Ëm 7 Auer 08 fort! Nee, léiwer e bësse méi fréi! Ëm siwen! Nee, ëm Véirel vir siwen! Falls mer eis géife verfueren ... Oder wa Stau wär oder esou ... Ass do dacks Stau, so? ... An ech muss bestëmmt ënnerwee eng Kéier op d'Toilette goen. Mir kënne jo eng Kéier stoebleiwen, hä? Eng Pisspaus ...

– Jo ...

– Cool! Oh, ech si schonns ganz ... Dat gëtt bestëmmt megagäil! Da fuere mer also ëm Véirel ..., nee, komm, ëm halwer siwen. Sécher ass sécher! Ech stellen de Wecker vir sechs .... Mir drénke jo kee Kaffi méi hei, oder? Ech wëll op alle Fall net an d'Kiche eran. Ass ..., ass si dann nach ëmmer k.o.? Ëm sechs?

– Jo ...

– Si ass dout, hä?

– Nee ... nee, sécher net!

– A si vreckt och net? Wa mer se esou do leie loossen?

– Verletzter soll een net beweegen ...

– Stëmmt ..., a mir kënne jo ëmmer nach den 112 uruffen, wa mer bis ënnerwee sinn ... Cool! ... Gees du elo gären an d'Dusch?

– Wéi ...? An Du ...? Firwat?

– Einfach esou ..., soss ginn ech mer emol d'Blutt aus dem Gesiicht wäschen an esou ...

– Ah ..., ok ..., jo, nee, géi du roueg ..., ech ginn dono ..., eng Kéier ...

– Wat wëlls de maachen dono? Buppen oder raschten?

– Ah ... an du?

– Mir egal. Du muss fueren dono. Ech ka jo nach am Auto schlofen ... An elo kann ech souwisou net schlofen. Sinn esou opgereegt fir muer ...! Nee, et ass schonns net méi muer, mee dono! Geschwënn! Esou cool! ... Nee, seriö, ech kucke soss nach e Film, kee Problem ...

– Äh ...

– Weess de wat? Ech ginn elo an d'Buedzëmmer. Wann ech erauskommen, sees der mer, wat. Ok? Ah jo ..., an ech huelen eng vun deene Pëllen. Ka jo näischt schueden, në?

D'Shirley geet. D'Buedzëmmerdir léisst et eng Spléck op. Um Bett läit den Dildo. An d'Pistoul. Den Dildo leeën ech zréck an den Tirang. D'Pistoul stiechen ech an. Ech gi bei d'Kichen. Leeë mäin Ouer widdert d'Dir. Ech héieren eppes. Vläicht ass et en Ootmen. Vläicht ass et d'Blutt a mengem Kapp ..., dann op eemol näischt méi.

D'Shirley huet d'Dusch zougedréint.

Fofzeng

– Dach, ech war schonns zu Köln ... Et ass och ok ... fir driwwer ze schwätzen ..., also mat dir, hä ..., net mam Nat..., mat der Steines oder soss engem ..., mat dir ass dat ok ..., du hues mer jo gewisen, wou deng Mamm gestuerwen ass an esou ... Et ass just ..., ech weess net esou richteg, wat deemools gelaf ass, zu Köln. Den Johnny, dee weess dat vill besser. Hien huet mir et gezielt ..., an hie kéint dir et och ganz genee zielen ... Mee d'Sau ass jo net do ..., e puer Deeg schonns, datt hien sech net bléckе léisst, hä? ... Och vläicht grad esou gutt ..., mir gi jo och eleng eens ... Den Johnny ass zwar mäi beschte Frënd, mee heiansdo geet en engem trotzdeem op de Sak. A wat en alles esou zielt ..., ech weess net ..., mee ..., also Köln: Zu Köln war ech, wéi ech zwee, dräi Joer hat. Aacht Méint war ech do. Genee aacht Méint. Vum siwente Juni bis de siwente Januar. Esou steet et am Pabeier vum Geriicht. Ech hunn en duerch Zoufall fonnt. Beim S..., bei menger Mamm am Nuetsdësch. Ech hat Zigrette gesicht an de Pabeier fonnt ... Dat meescht war op komplizéiertem Franséisch. Mee d'Datumer, déi hunn ech verstanen ... De siwente Juni huet meng Mamm mech op Köln gefouert ..., den sechsanzwanzegste September huet se eng Plainte bei der Police gemaach

..., hei zu Lëtzebuerg ..., an de siwente Januar hat se mech dunn zréck ...

Ech hunn se ni gefrot, firwat se mech dohinner gefouert hat ..., och net, firwat se méi wéi dräi Méint gebraucht huet, fir mech zréckzefroen ... Ech hu mer dat gehalen. Gehale fir déi Kéier, wou ech richteg rose mat hir sinn. Wou se mech esou richteg schäissen deet, verstees de? An da schmäissen ech hir dat an de Kapp! *A wéi war dat mat Köln, deemools? Hä? Firwat hues de dräi Méint gebraucht, ier s de eppes gemaach hues, hä? Firwat hues de mech iwwerhaapt dohinner gefouert, hä?* ... Bis elo hunn ech et nach ni gemaach. Dobäi war ech schonns dacks rose mat där Kou. Mee ... ech weess och net. Vläicht, well ech d'Äntwerte souwisou weess ... Wat ass vu Juni bis September, hä? Grouss Vakanz, natierlech. Meng Mamm hat wuel Loscht op Vakanz. Bestëmmt hat se nees en Typ opgegabelt, deen se duerch de Summer geféckt huet. A meng Bom ..., also déi kanns de ganz vergiessen ... An dofir huet se mech wuel op Köln gefouert. Bei mäin ... *Erzeuger*, wéi se seet. Kee Witz! Si schwätzt bal ni vun him, mee wann se et mécht, da seet se *Däin Erzeuger*. Meeschtens hänkt dann nach *dat Aaschlach* drun. *Däin Erzeuger, dat Aaschlach.* Si huet bestëmmt recht. Mee si ass och en Aasch. Soss hätt si et net mat esou engem Aaschlach gedriwwen. An ech sinn de Schäiss, deen dobäi erauskomm ass. Si seet net Schäiss. Si seet just *Accident*.

Du war ech zu Köln. Beim ..., ech weess emol net, wéi en heescht. Dat wollt si mer ni soen. Et stoung vläicht um Geriichtspabeier, mee ech hunn et deemools net verhalen ... Den Johnny seet, e géif Detlef heeschen. Hien hätt héieren, datt en esou geruff ginn ass. Detlef. Ech ..., also ech fannen dat ... Also wann den Johnny et net géif soen, géif ech dat net gleewen ... Mee alles, wat ech iwwer Köln weess, weess ech vum Johnny. Also ... Déi éischte Kéier, wou mer eis begéint hunn, war beim ... beim Detlef am Appartement. Hien hat e klengt Appartement an engem risegen Appartementshaus. Esou fofzeng Stäck, esou. Et war an der Nuecht. Oder owes. Et war op alle Fall däischter. D'Luede waren och vläicht just erof. Déi waren nämlech ëmmer erof, wann den Detlef net do war. Hie war dacks net do. Owes bal ni. Heiansdo och emol een, zwee Deeg net ... Da krut ech Chipsen. Tonnen. A Kinderschokolade. Den Detlef huet e puer Tuten opgemaach an alles an eng grouss Schossel geschott. De Schockela huet en och all eenzel opgemaach. A Cola gouf et och. Ech hat zwee deer Kannerbecheren. Déi, déi net ëmfalen, weess de? Déi, déi sech ëmmer nees riicht stellen. An uewen ass esou en Deckel drop mat engem Schniewel, datt een drénke kann ... Zwee esou Becheren, voll mat Cola. Dat krut ech alles an de Park gesat, an dann ass hie gaang. Ah jo, fir d'éischt krut ech nach eng Pampers un. An e Liedersbännchen ëm de Fouss. D'Bännchen war un der Heizung festgemaach. Fir datt ech net aus dem Park trëlle sollt. Dat war nämlech schonns virkomm. Anscheinend. Jo, an da soutz ech do. An der Däischtert. Also, net ganz. Eng kleng Luucht war ëmmer un. E Pikachu. Du weess jo, wien de Pikachu ass, ne? Jo, an dann hunn ech d'Chipse gefriess. An de Cola gedronk. An de Rescht duerch de ganze Park verdeelt. A gekrasch. Mee net vill. An net laang. An och net haart, well et huet ni ee reklaméiert. Jo, an dann ass och d'Pampers nach iwwergelaf. Also, wa mäi ..., den Detlef méi laang fort war. Heiansdo hunn ech se och selwer ausgedoen. Mam Schäiss hunn ech d'Gitterstaangen vum Park ugestrach. Schéin eng no der anerer. Behaapt den Johnny. An dann och nach d'Heizung.

Den Detlef war net frou. Mee an d'Schnëss krut ech keng. En huet mech lassgemaach an an d'Bidde gesat. An dann ofgesprutzt. Zimlech kal. Heiansdo och ze waarm. Also, d'Waasser fir d'éischt alafe loossen an da mam Ielebou testen an all dee Schäiss huet hien ni gemaach. Mee mech geschloen och net. Seet den Johnny. Net wéi d'Sandra. Meng Mamm. Vun hir krut ech der zimlech dacks. Bis ech eng Kéier erëmgeschloen hunn. Zanterhir birelt se just nach ... Mee ech wollt der jo vum Johnny zielen. Also den ..., den Detlef war fort. Schonns laang fort. Ech hat schonns all de Schäiss gemaach, deen ech der gesot hun. Also deen übleche Schäiss ..., mee dës Kéier krut ech et fäerdeg, mech un de Staangen vum Park eropzezéien. Ech weess och net, firwat. Vläicht war d'Schnouer méi laang oder den Detlef hat de Park verréckelt ... Op alle Fall sinn ech bis erop komm. Ech hu mech mam Bauch uewen drop geluecht a mech hin an hir geschaukelt. An dunn hunn ech d'Gläichgewiicht verluer ... Ech sinn net voll mam Kapp op d'Plättercher gekraacht. Wéinst dem Bännchen um Fouss. Ech houng esou, mam Kapp no ënnen. Esou drësseg Zentimeter iwwert dem Buedem. Mat den Hänn sinn ech just net dru komm. Ech hu gebirelt. Angscht a Péng. Dunn hunn ech gekatzt. An dunn sinn ech schwaach gefall. Ech sinn erwächt, well mäi rietst Been gezunn huet. Dat mam Bännchen. Et huet esou gezunn, datt ech zou mer komm sinn. Ech hunn d'Staange gepaakt a probéiert, mech eropzedrécken. Si ware megarutscheg. Voller Schäiss an esou. Mee d'Been huet net opgehal mat Zéien. Wéi wann et megaschwéier wär. Esou schwéier, datt et mech bal vum selwen zréck an de Park gezunn hätt. Verstees de? Eleng duerch säi Gewiicht ... Dunn hunn ech et nach eng Kéier probéiert ..., an du sinn ech an de Park gekraacht. Voll op de Réck. Du war ech erëm fort. A wéi ech dës Kéier waakreg gi sinn, du soutz en do. Den Johnny. Just vis-à-vis. Am aneren Eck vum Park. Ganz beschäftegt mat enger vu menge Spillsaachen. E Bus. E klenge bloe Bus. All deen Dreck, an deem mer soutzen, huet hien net gestéiert. Et huet e bësse gedauert. Dunn huet hien de Bus op d'Säit geluecht a mech gekuckt. Hie war esou al wéi ech. Bësse méi al. Bësse méi grouss och. An och e bëssen ..., hien war alles e bësse méi wéi ech, den Johnny. A gegrinst huet en. Schonns deemools. Dat coolt Grinsen, dat en haut nach huet ... Esou e bësse frech, awer net zevill ..., esou datt et all d'Aaschlächer nervt, awer se trotzdeem näischt kënne soen ..., dat Johnnygrinsen eben, du weess jo ..., an ..., an dat ass alles. Also alles, wat deemools geschitt ass. Gesot huet hien näischt. An ech och net. Mir soutze just do an hunn eis gekuckt ..., mee zanterhir gesi mir eis bal all Dag ..., e puermol d'Woch mindestens ... De Rescht koum no an no ..., also matenee schwätzen an datt säin Numm Johnny wir an datt hien et war, deen u mengem Bee gezunn huet an dee mer gezielt huet ..., iwwert d'Sandra, also meng Mamm ..., den Johnny nennt si Sandra ..., ech soll se och esou nennen, seet hien ..., ech maachen et och, wann hien dobäi ass ..., mee ech kréien et net ëmmer hin ..., hie sot mer och, datt dat, wat ech am Réck hunn ...

– Ech muss pissen ...

– Moien ...

– Moien. Ech muss pissen. Hunn ech laang geschlof?

– Eng Stonn esou ...

– Ass et nach wäit?

– Et geet ....

– Wat heescht dat dann, *et geet?*

– Nach eng Stonn esou ...

– Dat packen ech net!

– Ech bleiwe stoen ...

– Bei enger propperer Toilette!

– ... bei enger Tankstell. Do sinn se ëmmer propper ....

D'Shirley huet zwou Zigretten ugefaang. Ouni mech ze froen. Ech fannen dat léif. Ech wéilt him dat och soen, mee dat klappt iergendwéi net. Vläicht, well d'Shirley esou nervös ass. Hatt mécht d'Stereo un. Zappt vum Radio op d'CD an dann nees zréck. Mécht dann alles aus. Fänkt sech eng zweet un. Ech kréien dës Kéier keng ...

– Si ass dout, hä?

– Neen! Ech sot der dat dach ...

– Du weess guer näischt! Du weess net, wat dout ass! Du ...

– Firwat frees de mech dann?

– ...

– Firwat wëlls de et iwwerhaapt wëssen?

– Wat?

– Ma ob se dout ass?

– Well!

– Well wat? Deet et der leed?

– Leed? Si huet dach ugefaangen! Ech hunn si jo léif gefrot. Du hues jo selwer gesinn! An déi al Houer? Guer näischt! An dann ..., an dann ..., a wat da geschitt ass, ass hir Schold! Hir Schold ganz eleng! Ok, du häss vlaicht kéinten e bësse manner fest draschloen ... Mee et war hir Schold, hä?

– Jo, mee dann, firwat ...?

– Ech wëll net op Schraasseg ..., an ..., wann se net dout ass, da kann ee jo mat hir schwätzen ..., sech entschëllegen an dee ganze Schäiss ..., da sinn se vläicht net esou streng ... Soll ech hir uruffen? Da gesi mer jo, ob ..., wéi et hir geet?

– A wa keen ophëft?

– Da ruffen ech dem 112 un ...

– Da wëssen d'Flicen direkt Bescheed!

– Jo, mee ..., oh, wat ass dat ee Schäiss!

D'Shirley seet näischt méi. Bis ech op der Raststätt stoebleiwen. Voller Camionen. Esou vill, datt ech d'Tankstell bal net fannen. Mee keen dobaussen. Ech parken e bësse méi wäit. Setzen de Seat hannertsech an d'Parkplaz. D'Shirley seet näischt. Hatt huet nach iwwerhaapt näischt gesot. Datt ech gutt fueren oder esou. Mee ech fuere wierklech gutt! Guer kee Problem. Ech hätt och kéinte mat 200 fueren. An Däitschland däerf een dat. Mee zevill opfale wollt ech jo och net ...

– Gees de mat eran?

– Ech muss net ...

– Gees de dann net mat?

– Ech mengen, et ass besser, ech bleiwe beim Auto ...

– Mee du waarts?

– Natierlech waarden ech! Mir fueren jo an d'Phantasialand ...

– Ok. Ech tommele mech!

Alt nach eng geféımmt. Ech hunn net dru geduecht. Dës Kéier net. D'Shirley stoen ze loossen. Virdru schonns. Mee elo net. Eng vun dem Johnny sengen Iddien ... D'Shirley ass wierklech nees séier do. A ganz anescht. Voll op Speed esou. A guer net méi mieß. *Phantasialand!*, bierelt hatt. A *Fuer! Fuer!* An et laacht.

– Ech hunn hir zéng Euro ginn!

– Wat? Weem ...?

– Der Pissfra! Also déi, déi d'Toilette botzt. 50 Cent wollt se. Ech hat keng Mënz, an dunn hunn ech hir en Zéngterschäi gelooss ...

– Du bass mëll! Wat ...?

– Blabla! Schäiss drop! Et sinn der Steines hir ..., a mir hunn der méi wéi genuch ..., an déi gi mer all aus am Phantasialand ... Phantasialand! An du maach cool ... Du bass cool! Esou cool ...

D'Shirley leet seng Hand op mäi Been. Zimlech uewen. Direkt gëtt et mer nees waarm.

– War cool gëschter Owend?

– W...? Jo, jo ..., voll cool!

– Éierlech?

– Jo ..., kloer. Firwat frees de?

– Neen ..., einfach esou ...

– ...

– War et fir d'éischt?

– Wa...? Egal wat!

– Froe jo just ..., fir d'wéivillt?

– Wéi, fir ...? Ech weess net. Ech zielen net ..., esou ëm déi zwanzeg ...

– Esou dacks! Wuaoh ...

– Gleefs de mer net?

– Dach! Total! Du bass cool ... Also ech sinn elo bei aacht ukomm ...

– Aacht Mol ...

– ... dovu sechs Mol cool ...

– An déi zwou aner Kéieren?

– Do ..., do wollt ech am Fong net ..., mee war dann awer ..., ok ... Awer net cool. Mat dir war cool!

– E bësse ..., kuerz vläicht ...

– Dat ass ganz ok fir mech ...

– ... ech war zimlech midd ..., an dann d'Steines ...

– Et ass ok, sot ech. Et war cool. Seriö! Mat dir buppen ass cool ...

– Cool?

– Megacool! Zefridden?

Siechzeng

Mir sinn ze fréi. Méi wéi eng hallef Stonn. Mir sinn awer net déi éischt. E puer Autoe sti schonns um Parking. An och e Bus. An och Kanner. Esou fënneft, sechst Schouljoer. Si spille Fussball. Also d'Jongen. D'Meedercher kucken no. A gackeren domm. D'Joffere stinn och do. Déi si schonns genervt. Eng huet d'Bouwe vernannt. Op Däitsch, mengen ech. Héieren hunn ech näischt. Mir bleiwe léiwer am Auto sëtzen. Fir a Rou ze fëmmen. Fir net zevill gesinn ze ginn. D'Shirley hält de Bak. Schonns ganz laang am Fong. Zanter der Affär mam ..., mat deem, wat gëschter Owend war. Gleeft mer wuel net. Datt ech et schonns zwanzeg Mol gemaach hunn. Oder datt et cool war. Oder déi zwee. Dann eben. Esou cool war et och net. Also guer net wéi an de Filmer. Do dauert dat ëmmer ..., wat? ... Eng Véirelstonn ..., mindestens eng Véirelstonn! ... An do dinn d'Puten och därmoosse Kreesch ... Gëschter war alles an zwou Minutten un an aus. Ouni, datt een eppes gesot huet ... Dach, dono sot d'Shirley *War et schéin?* an ech sot *Jo* ... D'Shirley schléift nees. All Minutt, wou näischt leeft, schléift dat! Dat nervt, mee iergendwéi fannen ech dat cool. Ëmmer, wann et der net dono ass, einfach anhänken ... Nach zwee Busser. D'Autoen zielen ech guer net méi. Geschwë maachen se op ... Mäi Réck kraazt nees. Wéi verréckt. Net dauernd, mee elo nees mega. Am Fong ëmmer nëmmen, wann ech eleng sinn ..., also eleng mat mir ..., mat menge Gedanken ... Et dréckt mer duerch den T-Shirt. Duerch de Pullover. Duerch d'Jackett. Esouguer duerch den Autossëtz. Ech kapéieren d'Shirley net. Dat kann him dach net egal sinn ... Obwuel ..., d'Nathalie huet och näischt gesot ..., mee souwisou ..., oder ...? ... Ech huele mäin iPhone aus der Täsch. En ass ganz aus. Wéinst de Flicen. Wann ech en umaachen, da wëssen se direkt, wou mer sinn. Oder vläicht och net. Wann ech e just ganz kuerz uloossen ..., just fir ze gesinn, ob een ugeruff huet ... oder eng SMS geschéckt huet ... Ech maachen en un. Et dauert e bëssen, bis hien d'Netz fonnt huet ... An ..., dräi Uriff. Zweemol meng Mamm. An eng Nummer, déi net ugewise gëtt. D'Flice wuel ... An eng SMS. Och vu menger Mamm. Ech soll zréckruffen. Soss näischt. Just *Ruff un.* Mol net *Ruff un!* Oder *Ruff un, w.e.g!* Just *Ruff un* ... Ech maachen nees séier aus. Et ass all Mënsch schäissegal ... Bal schäissegal. D'Flice sichen e bëssen. Well se mussen. An ... d'Sandra och. Well et mengt, et misst. Well et mengt, eng Mamm misst. Well et mengt, et wär eng Mamm. Well et mengt, et wär meng Mamm ...

– Geet elo op?

– An ..., an zwou Minutten. Wéi méchs de dat?

– Wat?

– Erwächen, just wann et un der Zäit ass ...

– Wat? Ech versti guer näischt ... Gi mer?

– Ok ...

– Phantasialand! Phantasialand!

Et huet sech wierklech net ginn. D'Shirley. Dauernd gebirelt. *Phantasialand!* Ech hu gefaart, mir géifen opfalen. Mee guer näischt. Bei de Keessen hunn sech Tonne Leit gedréckt. Kanner. Awer och Jonker. Esou wéi mir. Déi hunn all esou Kreesch gedoen. An déi puer Erwuessener hunn eis net bekuckt ..., oder dach, awer just ganz kuerz. Esoubal se gemierkt hunn, datt mer net zu hirem Grupp gehéiert hunn, waren se erliichtert an hunn eis vergiess.

Dobanne war et nach méi einfach. Déi Kleng si mat hire Joffere vu Spill zu Spill gepilgert, mee net déi Grouss. Déi krute just eng Moralpriedegt gehalen a konnten dann dorëmmer lafen, wéi se wollten. Genee esou wéi mir.

– Fir d'éischt maache mer d'Achterbahnen. All! Do sinn ëmmer déi meeschte Leit! A wann d'Schlaang net ze laang ass, da maache mer se direkt e puer Mol hannereneen. Dann hu mer dat schonns. Dat hëlt keen eis ewech!

D'Shirley rennt vir. Hatt dréint sech net ëm, fir ze kucken, ob ech do sinn. Ech lafen him no. Mir maache genee dat, wat hatt sot. Ouni eng dotëschend ze fëmmen. Ouni pissen ze goen. D'Black Mamba gefält dem Shirley am beschten. Well do d'Féiss ënnen eraushänken. A well een sech véier Mol iwwerschléit. Während der ganzer Fahrt bläert hatt esou haart, wéi et geet. Hatt leeft rout un am Gesiicht. Blo esouguer. Mee et bläert riicht weider. Siwe Mol gi mer op d'Black Mamba. Siwe Mol hannereneen. An der Schlaang drécke mer eis vir. E puer Aler meckeren. Proffe wuel. Dat ass eis schäissegal. Et wär wéi Fléien. Seet d'Shirley. Ech fannen net. Soen awer Jo. Fir dem Shirley e Gefalen ze maachen. Hatt gesäit och glécklech aus.

Mir ginn op de Colorado Adventure. Esou een Zichelchen. Wéi aus enger Goldminn. Den iwwerschléit sech net. Rennt dofir awer megaséier e megagéie Bierg erof.

– Hannen! Ganz hannen! Ganz hanne muss ee sëtzen! Do hieft ee richteg of!

Ech weess net, wouhir d'Shirley dat alles weess. Hatt war nach ni hei. Den Zuch gëtt de Bierg eropgezunn. D'Shirley dréckt sech ganz fest widdert mech. *Dat ass esou cool!*, seet et. Dat huet hatt haut schonns honnertmol gesot. Méi. Zanter gëschter Owend ass alles cool. Zanter mer ... Si ass net dout. Sécher net.

– Ouni d'Hänn! Ouni d'Hänn! Unhalen ass fir Looser!

D'Shirley streckt d'Äerm héich an d'Luucht. A jäizt ganz haart. Just wéi de Weenchen no vir kippt. Ech loosse lass. Mäin Aasch léist sech vum Sëtz. Meng Been drécke géint d'Staang, déi eis festhält. Drécken ëmmer méi. Am Réck bascht eppes. Neen, alles. Alles fiert op. Ech gesinn se. Just aus dem Aewénkel. Grouss. Riseg. A schnéiwäiss. Si schloen am Takt. Si rappe mech aus dem Sëtz. Aus dem Weenchen. Nach een, zwee Schléi, da brécht d'Staang, déi eis hält. Da fléien ech eraus. Da fléie mir eraus. Esou grouss a staark ..., déi packen eis zwee ... Ech falen zréck an de Sëtz. Ginn nach e puermol no lénks a no riets gepucht. Da bleiwe mer stoen.

– Cool, hä? Komm séier! Nach eng Kéier!

– Mir ass e bësse schlecht ...

– Du Tussi do! Dajee! Komm!

Ech ginn nach eng Kéier mat. Nach zweemol esouguer. Esou schlecht ass mer och net. Just e bësse komesch. Dës Kéier hiewen ech d'Äerm och net méi. Ech leien am Sëtz wéi e Sak Sand. Et leeft mer eppes de Réck erof. Waarm. A pecheg ...

– Ech hunn do eppes ... Am Réck ...

– Schonns erëm! Da weis emol ... Do d'Jackett aus ...

D'Shirley ass genervt. Oder just prësséiert. Hatt fiert mat der Hand ënnert mäin T-Shirt.

– E bësse Blutt ...

Hatt reift se laanscht meng Box.

– Näischt Schlëmmes. Dat kënnt vun deene Rëff ... Gi mer op d'Wildwasserbahn? Mir kënnen awer och eppes iesse goen, wann s de wëlls ...

Bei der éischter Bud si mer stoebliwwen.

– Oh, wéi cool! Kaf mer esou een!

Häerzer. Aus Liefkuch. Mat lauter esou Spréch drop. *Mein Herz gehört dir. Danke! Zuckermaus. Ich liebe dich. Für immer dein.* An nëmmen däers. A mir ass et net gutt. An déi zwee Typen ...

– Dajee! Et ass un eis!

– Jo ..., wéi eent wëlls du?

– Ah neen! Du muss et eraussichen!

– Ah ..., äh ... Das da ...

– Soll ech der och eent huelen?

– Äh ... neen. Ech huelen en Hamburger ...

– ... und zwei Cola! Bitte!

Ech bezuelen. *Zuckermaus.* Méi hunn ech mech net getraut. Mir sëtzen eis op eng Bänk. D'Shirley ësst d'Häerz. Systematesch. Fir d'éischt de Bord. An dann ëmmer esou ronderëm. Bis näischt méi iwwreg ass. Den Hamburger ass net immens. Ech puchen d'Halschent fort. D'Type sinn och nees fort. Zwee Stéck. Security. Esou mat Sonnebrëller. An engem Walkietalkie, deen dauernd kraacht. Mir hunn se schonns dacks begéint. Immens dacks am Fong. An si kucken eis ëmmer. Ok, si kucken all Mënsch, mee eis kucken se ëmmer méi laang. A wann se weiderginn, da schwätzen se eppes an den Walkietalkie. Elo bei der Friessbud stoungen se just hannert eis. Dat huet mech nervös gemaach. Ech hätt de Schäiss iPhone net sollten umaachen ...

– Geet et?

– Jo ..., jo.

– Wëlls de e Stéck vu mengem Häerz?

– Wa...? Nee merci ...

– Et geet awer erëm, so?

– Jo, jo. Tipptopp!

– Ass cool hei, hä?

– Jo. Mega!

– Gi mer elo op d'Wildwasser?

– Jo. Kloer ...

Vläicht ass et och just wéinst dem Shirley. Datt se méi laang kucken. Hatt ass esou duerchgeknallt ... Ech fueren a meng Jackettstäsch. D'Pistoul. Kleng a sëlwereg. Ech hat se schonns ganz vergiess. Soss hätt ech se bestëmmt am Auto gelooss ...

Bei der Wildwasserbahn gi mer erwaart. Oder och net. Si sinn op alle Fall do. Déi zwee Typen. An net nëmme si. Ech gesinn der nach zwee. E grousse Schwaarzen an eng Tussi. Baseballkapen, Sonnebréller a Walkietalkie. Si schnësse mateneen. Sinn opgereegt. D'Tussi gestikuléiert a weist op eis. Also op d'Schlaang, déi virun der Wildwasserbahn waart. D'Shirley wëllt sech erëm virdrécken, mee ech halen hatt zréck. Hatt meckert net. Gëtt mer en décke Kuss. Riicht op de Mond. Seng Zong dréckt sech duerch meng Zänn. Hatt huet bestëmmt gemengt, et wär dofir, wou ech hatt festgehalen hunn ... Ech soen näischt. Laachen e bëssen domm. D'Shirley laacht och. Awer vill méi richteg. Richteg gléckllech. Ech misst him vläicht eppes soen. Mee ech weess net richteg, wat. An och net, wéi.

D'Wildwasserbahn fënnt d'Shirley cool. *Megacool!* Obwuel mer eréischt e puer Sekonnen drasëtzen. An esou engem Plastiksbamstamm. Obwuel mer just eréischt amgaang sinn, erop gezunn ze ginn. D'Shirley léisst sech ganz widdert mech rutschen. An dréckt meng Äerm ganz fest ronderëm sech. D'Kant vu mengem Sëtz buert sech a mäi Réck. Ech bludden nach ëmmer. Mengen ech. Vun uewe gesäit een op de Parking. Ech gesinn eisen Auto. Dem Nathalie säin. Net dout. Bestëmmt net dout ... An e Flicenauto. Net wäit dovun ewech. En däitsche Flicenauto. Sëlwreg wäiss a blo. Also vläicht. Ech sinn net ganz ...

– Ouni d'Hänn! Ouni d'Hänn! Wouaaaaahhhh!

Siwwenzeng

Ech drécken d'Shirley ganz fest. An hatt mech och. Hatt huet d'Aen zou. Ech och. Dofir kann ech et jo net gesinn. Ob hatt d'Aen zou huet oder net. Mee ech si sécher. Mir hunn allen zwee d'Aen zou an drécken eis ganz fest. A ronderëm eis nëmme Loft. Gutt waarm Loft. A Megakaméidi. A soss näischt. A soss guer keen. Si sinn dobausse bliwwen. Déi véier. Si waren do, wéi eise Bam ukomm ass. Si hunn eis nogekuckt, wéi mer erausgeklomme sinn. Dës Kéier sinn ech sécher. Si hunn eis nogekuckt! Mir waren zimlech naass. Dofir si mer an déi Kabinn gaang. Hunn zwee Euro agepucht. E risege Föhn huet ugefaange mat Blosen. D'Shirley huet gemaach, wéi wann hatt géif fortfléien. A meng Äerm ass hatt geflunn. Also esou gemaach huet et. An elo halen ech et. Fest. Ganz fest. A mat den Aen zou ...

Elo sinn der nach just zwee do. De Schwaarzen an d'Fra. Si kucken eis net. Si kucke Richtung Agang. Si waarden. Op hir Kollegen. Oder op d'Flicen ...

– An elo op d'Geisterbahn! Esou cool! Et ass déi längst ënnerierdesch Geisterbahn vun der Welt! Wousst de dat?

– Hä? Äh ...nee.

– Déi längst vun der Welt! Megacool!

– ...

– Geet et net?

– Dach, dach ...

– Nach ëmmer e bësse schlecht?

– Ech ..., neen. Nee, guer net méi ...

– Ah ..., ech weess! Du hues Angscht ...

– Angscht? Wéi ...?

– Du hues Angscht viru Geeschter!

– Geeschter? Wéi eng ...?

– Ma déi vun der Geeschterbunn, du Pigeon!

– Ah ... Haha. Gudde Witz ...

– Du sëtz e bëssen op der Leitung, hä?

– Jo ..., ech ...

– Du bass cool, weess de?

– Äh ...

– Allez, komm!

Bei der Geeschterbunn ass d'Schlaang am längsten. A virdrécke geet och net. Iergendwéi hunn ech kee Bock méi drop. D'Shirley gëtt emol net rosen. Hatt kuckt d'Geeschterpoppen, déi iwwerall hänken. Lauter Chinesen. Mat Aen, déi liichten. An Damp, deen aus dem Mond kënnt. A lauter esou Schäiss. Fir ze fäerte sinn se net. Definitiv net. D'Shirley fäert och net. Hatt weist mam Fanger op se a seet Saache wéi *Dee gläicht dem Kerschemeyer, hä?* an *Kuck do! Dat ass dach déi houer Molitors!* an *An do! Kuck do! Déi mat de Megatitten! Dat ass dach ...* Ech kucken an déi aner Richtung. Hannert mech. An do sinn se. D'Flicen. Zwee Stéck. Mat hire wäisse Kapen. Si drécken sech vir. Kee meckert. Da bleiwen se stoen. Esou zéng Meter hannert mir. Si hu bestëmmt gemierkt, datt ech se gesinn hunn. Si kucke mech zwar net. Guer net. Awer gemierkt hunn se et bestëmmt.

– Ech muss nees pissen! Du häls mer jo d'Plaz?

– Waart! Ech ...

– Wat? Muss de och? Hei komm ..., nach just eng Véirelstonn vun hei aus! Hal d'Plaz, soss musse mer nees eng Stonn waarden! Ech kréie mech duerchgedréckt. Sinn direkt zréck!

D'Shirley ass fort. Bleift virun de Flice stoen. Just virdrun. Dréint sech zu mir ëm.

– Du wäerts der jo net vun Angscht an d'Box pissen, oder?

Hatt laacht. A wénkt. Et war net béis gemengt. Et sinn nach Leit, déi laachen. D'Flicen och. Also vläicht. E bëssen. Ech laachen och. A wénken zréck.

– An?

– Johnny ...

– ... Chicago. Mäi Numm ass d'Johnny Chicago, du Aasch!

– Wat ...?

– Ech sot: An? Piss de der vun Angscht an d'Box oder net?

– Ech ..., ech weess net.

– Dat gesi mer dann. Verstoppe kanns d'et net ...

– Wou ...?

– Wou wat?

– Wou sinn d'Flicen?

– Dréi dech ëm, da gesäis d'et.

– Neen ..., so du mer ...

– Aha ..., traus de mer nees?

– Du bass ...

– ... den Johnny Chicago!

– ... mäi Frënd.

– Däin eenzege Frënd! ... Si si fort. Denger Houer no ...

– Mengs de ?

– Kloer! A beim Ausgang, do waarden se op dech.

– Mengs de?

– *Mengs de? Mengs de?* Du bass esou en Aasch! Du hues jo nach ëmmer d'Pistoul ...

– Et ass just ...

– ... eng Spillpistoul. Ech weess. Dat mécht näischt. Wann s de ukënns, dann zitts de s'eraus ... An da riichs de se op d'Flicen. An da bierels de ganz haart *Dir houer Wichser!* ... oder esou eppes ähnleches ...

– An dann ...?

– An dann wäerts de schonns gesinn ...

– Deet et ... wéi?

– E bëssen ..., mee net laang. Also, wann s de e bësse Chance hues ...

– Kann ..., kann ech net ... ëmdréien?

– Bass de verréckt? Hues de déi Schlaang gesinn? An den nächste Weenchen ass fir dech! Neen, et ass esouguer nach Plaz an dësem! Hei, ganz hannen. Klamm séier eran! Wéi cool ass dat, hä?

– An ..., an du?

– Ah, neen! Ech haassen dat! Ech waarden. Beim Ausgang. A vergiess net: Déi längste Geeschterbunn vun der Welt! Ouni d'Hänn! Ouni d'Hänn! Wouaaahhh!

Alles, wat ech soen, ass wouer, mee ech soen net alles ...
Arthur Keelt

ISBN: 978-2-87954-245-4

1. Oplag 2011

Lektorat: Georges Hausemer
Layout a Coverdesign: Miriam Rosner und Steffi Willkomm
Coverfoto: Getty Images
Auteursfoto: Nadine Barbel
Drock: GGP Media GmbH, Pößneck (Deutschland)

www.editionsguybinsfeld.lu